禁忌拼圖

袁瓊瓊

·禁忌

・觀影

代序

停止寫作會讓我驚慌

袁瓊瓊

諾貝爾文學獎得主艾莉絲．孟若說：「寫作是絕望的競爭」。為此她一天都沒有停止過寫作，她說「我每天早上都寫，一星期七天。一般我從早上八點鐘開始，上午十一點左右結束」，「停止寫作會讓我驚慌」。

看到這樣的話總是讓我毛骨悚然。我用這四個字絕對沒有取笑或調戲的意思。看到別人，尤其是已經被肯定的前輩，依舊這樣戰戰兢兢的面對寫作這檔事，就有種時光列車正隆隆從我墳墓上輾過的感覺。自己內在，或許就是那個叫做靈魂的東西，在大聲狂喊：啊來不及了來不及了來不及了……

我自己，偶爾，偶爾，在一生中的某些段落，在這段落的某幾天，會突然發奮，每天按時起床，坐在桌前，「一星期七天」，每天寫個幾小時。這種時候，如果正好碰到被訪問，本人就「誠實」的說：「我每天寫作，從晚上八點寫到早上八點。」

在說的時候完全相信那是實話，並且也全心全意「決定」我「以後」都要這樣過活。但是實情是我大約堅持個一兩禮拜，就開始「茫」了，忽然就沒法專注，每次寫稿的時候花大量時間發呆，咖啡喝一杯又一杯，許多的胡思亂想。忽然放下手邊寫的這東西跑去寫另一個題材。新題材寫了個開頭忽然產生罪惡感，因為想起來在寫的是別人約的稿，有期限的，於是又放下，跑去寫第三個東西，因為忽然有靈感，怕想法跑掉，用兩百字記錄，有時五百字……我的人生，或說我的寫作生活，其實是一大堆混亂無序的總和，我實在也不明瞭自己是如何寫出那麼一大堆字出來的。唯一解釋大約只是「活得夠久」。我寫作已四十年。

但是，雖然完全談不上努力，我也一樣：「停止寫作會讓我驚慌。」寫作這檔事，好像是自己藏在保險箱裡的珠寶或啥啥，感覺得每天去看一下，要確定它「還在」。我非常喜歡寫臉書，現在想，大約就因為這是個「打開保險箱」的動作，每次寫完了，就知道：「還在還在。」我的寶貝還在。

・道路

女兒

女兒早產。出生時只有一千兩百七十五公克。生下來時不哭，閉著眼。是醫生把她氣管裡阻塞的什麼給吸出來，之後她才開始發出聲音。

她是我頭一胎。從懷孕開始就很緊張的看那些跟懷孕和生育有關的書。小孩從胚胎長成嬰兒的程序，我全都知曉。身為「準母親」，該如何胎教，吃什麼不吃什麼，做什麼不做什麼，我全都知道。甚至離預產期還有半年的時候，就已經「預習」了生產的全部程序；如果生產是某種考試，我個人「應該」是準備充足成竹在胸的。然而知識和臨床永遠是兩回事。

在開始陣痛的時候，其實半信半疑。不大能確定究竟是吃壞了肚子，還是當真是產前陣痛。為保險起見，還是去了醫院，住院住半天沒下文，就回家來。等到又痛的時候，還是一樣，沒法斷定是不是真的產痛，拖到自己受不了，去了醫院，護士一檢查，說還早呢，就又回來……如是三進三出。

生產是多數人平凡一生中，少見的離奇經驗。不管中外，電影電視上只要演生孩子的戲，演員們一律雞貓子喊叫，披頭散髮，渾身大汗……好像沒人提過，也有「無痛」的生產。不是醫院裡麻醉式的「無痛」分娩，而是真的完全沒有痛楚，孩子就給你下地了。

我生老二，我大兒子，就完全「無痛」，而且生他非常快。進醫院待產不到兩小時就生了。他跟女兒相反，不但不是早產，還比預產期多拖了快一個月，生他不疼痛，不知道是不是跟孕期較長有關係。

這個兒子，到現在，差不多可以確定他完全是來我家還債的（他也明白，說自己之所以遲遲不肯「被」生出來，就是知道日後不會有好日子過）。他從小到大，承擔太多事情，超過他的年齡及能力。他青春期照顧老媽（就是我）無暇照顧的小兒子（就是他弟弟啦），青年期照顧時常失戀回家大哭的姊姊（開導她感情之道，結果雖然毫無戀愛經驗，卻成了兩性專家〉，之後，弟弟終於長大，姊姊終於感情穩定，老媽由於年老病衰，他又去學中醫，專為了我。他八歲的時候救過我一命。這件事亦甚離奇，我的小說〈看不見〉裡描寫了這個經驗。如果不是他，我可能早就淹死了。

總之，生孩子也是會「無痛」的。另外，就算痛，也一樣千姿百態。我那時住軍醫院，大病房裡六個產婦，有人喊得極淒慘，有人喊得極滑稽。我隔壁床的婦人，聽說生第四胎。開導我生孩子再容易沒有：「就跟母雞下蛋一樣。」她坐在床頭邊吃零食邊跟探病的人聊天，話說一半忽然抱肚子哎哎哎慘叫，原來陣痛來了。約叫十數聲，戛然而止。繼續吃繼續談話，突然又開始哀叫。她對付陣痛，實在是很有禪宗的意味，就是「痛的時候讓它痛，不痛的時候照常過日子」。我自己是不叫也不哼的，總覺得哭或叫都非常難看。痛的時候就抓緊剛好在手邊的東西，有時是活的（老公或者護士），有時是死的（被單枕頭衣服床欄杆桌子椅子），死命抓，力大無窮，完全是要把手上的東西給捏碎或拆散了的氣魄。

生女兒痛了三天，那真是能要人命的。等終於生出來，人立即昏死過去。再醒過來，是中午。我的床位靠窗，時是十二月，雖是冬天，一睜眼便是窗外亮燦燦的太陽，有棵小樹在窗外鮮綠得刺目，所以她取名叫綠冬。小名小陽。

女兒生出來醜極了。臉皺皺，腦袋上厚厚一層鱗片般的皮層。頭髮幾乎沒有。臉孔好像還沒長好，也沒有眉毛，五官模糊，眼與鼻俱混沌，只有下半臉一張明顯的大嘴。當時我想：「慘了，女孩子長這樣醜長大怎麼辦呢？」

我那時以為新生兒都是這樣。因為書上總說嬰兒生出來像小老頭。後來生了另兩個，才知道每個孩子都不一樣。拖過預產期才不甘不願來到世間的大兒子當然是完全「熟成」，五官清晰明白。但是小兒子是六個月的早產兒，體重尚不足八百公克，生出來的時候，雙手捧著還占不滿整個手心。然而一出生就眉目清楚，眼是眼，鼻是鼻，是已經「成形」的嬰兒。生育真是最離奇的事情，作為某些生命來到這世界的「入口」，我深深感覺，那些生命有他們自己獨立的性情與天賦，他們不屬於我，甚至不像我。他們只是「通過」我進入世界，而他們面對人世的最初形象，那外顯的相貌，其實亦源於他們自身意志，甚至與醫學或生物邏輯無關。

女兒直到一歲，腦袋上的「鱗片」才算是完全脫落。那之前，一邊餵奶一邊剝她頭殼上的「鱗片」幾乎成了無意識的習慣。可以整片整片剝下來，就像夏天在海灘晒傷之後皮膚脫皮，那些皮可以完整的從新生的肌膚上剝下來。她小時候有許多奇怪毛病，不過因為第一胎，我不知道那是奇怪的，以為全世界的嬰兒都那樣。她的耳朵和鼻孔時常會排出黃色的黏液，也實在不知道是跟吃的東西有關還是她體質如此，因為無知，所以也沒想到要擔心。有一次她左耳耳背整個腫起來，把耳朵撐得翻立起來，變成了招風耳……

我的小孩子，三個都一樣，有件事很奇怪。當然，當時我是一點不覺得這件事特殊的，我以為全世界小孩都這樣。我的小孩不大愛哭，無論病了或摔了，總是哇哇幾聲就結束。小時候常常跟他們玩「變臉」，只要有人開始哭，我就用手遮住他的臉說：「我把手拿開的時候，看看哭臉會不會變成笑臉。」等到我手拿開，哭臉一定變笑臉，從來沒失敗過。他們且非常明理。現在我偶爾在捷運或速食店裡看到小孩哭鬧耍賴，總覺得詫異，不太明白為什麼我的孩子那樣好帶。小時候，他們要什麼東西不給他，告訴他原因就好，小孩都聽得懂的，而且，某種程度也很識時務的，可能比我們大人更明白哪些可以爭取哪些最好放棄。

女兒因為不愛哭，也或許並不痛，直到耳朵腫大到沒法忽視才讓我發現。帶她去看醫生，那時還不滿周歲哩。醫生說要開刀，而且還不能保證耳朵會不會聾。我聽了一路哭回來（跟小孩相反，我這老娘非常愛哭）。在路邊打公共電話（那時多數人家裡都沒電話）稟告正在上班的孩子她爸時還在哭。有個歐巴桑聽我結結巴巴邊打電話邊「泣訴」女兒的病情，大概全聽明白了，等我掛了電話，她就來翻弄女兒的耳朵，說：不用開刀啦，買膏藥來貼一貼就好。

這個歐巴桑一定是天使。她在我女兒和我的生命裡出現了大約只有十分鐘，我此後再也不曾遇見過她。可是我聽了她的話，到藥房去買膏藥，女兒貼到第三帖的時候，耳朵就消了腫，之後完全好了。到現在沒有復發過。

女兒後來長成了小美女。她所以會變漂亮，想來依舊是她自己的意志「作祟」。關於人來到世間的「使命」，耶穌是「釘十字架救世人」，我女兒是：「變成美女。」

當然我這個老媽也不無推波助瀾之效。

這是我頭一個孩子，她就算長得像唐老鴨，我也會拿她當白雪公主的。我常常在她睡著以後看她看幾小時，恨自己不會畫畫，沒法描繪這個我自己「出產」的生物的美好。當然照了很多相，但是相片不知道為什麼（大概因為是機器吧），照出來的就光是個小小孩，跟全世界的小小孩似乎差別不大。在我自己的感受裡，我覺得她特殊得不得了，無論長相，聲音，氣味，動作，吃奶的方式，熟睡的方式，甚至餵完奶吐奶的方式，都是全世界獨一無二，只為我家這個小小女生所獨有的。

量子理論裡有所謂的「觀測者效應」，簡單解釋就是：「對於一樣事物投以注意力的時候，那樣事物便會因為觀測者的意願而產生改變。」我家小女生之所以後來變得人見人愛，肯定跟這個「觀測者效應」有關。我既然對自己的女兒「癡迷」（後來又對大兒子和小兒子「癡迷」。我只要一喜歡上什麼事什麼人，向來都是五體投地的），當然越看她越美，到她滿兩歲的時候，她就確確鑿鑿成了小公主。有一天把她放在小推車裡推出去玩。她坐在位子上，披頭散髮（我喜歡她披著長髮，不喜歡給她紮辮子），小臉蛋圓圓白白。我們在十字路口等紅綠燈，忽然，對街的交通警察看過來。瞪著我們好半天。不一會，他橫過馬路走過來了。

我因為是軍人後代，從小就被訓練得一怕憲兵二怕警察（倒不怕黑道或流氓，生活裡好像沒這一類人物），看到一名警察面無表情朝我走來，馬上自我反省是不是不小心闖了紅燈或是嬰兒車「超速」之類。那位警察伯伯非常嚴肅的走到了我和女兒面前，忽然就彎下腰來，面露微笑，跟我女兒說「貝貝話」（就是那種每個詞都重疊的那種話）：「妹妹是不是要出去玩玩啦？」「妹妹好漂漂。」

「吃過飯飯沒有哇？」「看到伯伯有沒有怕怕？」女兒一律報之以嘻嘻笑。用清脆的聲音發出聽不出意義的字句。並且用胖胖小手去抓那位人民保母的鼻子。

後來警察站起來，恢復嚴肅。對我說：「這個小孩很漂亮。我在街那頭就看出來了。」他說「這個小孩」，好像這孩子跟我無關似的，我馬上像泰山那樣猛拍胸脯大喊說：「這是我生的！我生的！」……不，那只是我腦袋裡的想像。現實裡的我，十分淡定的回應：「謝謝。」然後裝作被陌生人稱讚是我女兒每天都會碰到的事情那樣，不動聲色的，在號誌燈轉綠的時候，冷靜的離去。

這之後，女兒就時常被人說長得漂亮。大約也跟她老媽很愛搞怪有關。我給她燙了頭髮，頭上紮大大蝴蝶結。自己縫連身長裙給她穿（公主不穿長裙成嗎），把她打扮得像漫畫裡的小甜甜（後來有了老二，男孩，可是我也一樣給他燙頭髮，穿背帶褲，戴西裝帽，打扮得像「小甜甜」裡的安東尼）。如此奇裝異服，效果就像頭上掛了「照過來照過來」的跑馬燈，無往而不利，到了任何場合，都會收穫一籮筐的讚美。

我之從來不覺得我的孩子煩人，現在想來，八成是我一直把她們當「活的洋娃娃」，小孩是沒有人權的哇，簡直想怎麼整都行。全家唯一沒有被我「玩」到的是老三，不過那時候我已經很忙很忙，沒什麼時間和精力在他身上玩花樣了。

女兒是射手座。占星家琳達．古德曼描寫射手座的特性是：「站在一張紙上都會摔下來。」這形容主要是極言此星座人的莽撞。所以射手人時常摔跤，身上總是有他們自己也不知道哪裡來的瘀青或傷口。敝女兒正是如此，從小就是「風一般的女孩」……且慢，這個形容可絲毫沒有浪漫的成分，跟女兒有關的「風」，主要是颱風或颶風，偶爾龍捲風。

她因為皮膚白，又長手長腳，又還在不知道可以不聽老媽話的年齡，因此「被」我留了一頭飄飄長髮（當然，是燙過的）。有一次去小學裡接她放學。在教室外等候，她坐在座位上，頭髮鬈鬈，秀氣的小臉抬著，一手托著腮幫子。活脫脫西洋古典畫裡的小仕女。哎呀呀旁邊座位上的那些土頭土腦庸脂俗粉的小女生哪裡能跟她相比哇。老媽我正在為女兒的優雅嫻靜深深陶醉之時，忽然下課鈴響，我女兒立刻「靜畫」變「動畫」。只見她猛地起立，撞翻了身前桌子，大動作的手一拍，打在她旁邊坐的小男生肩上，對方立即矮了半截，女兒大聲嚷：「要回家囉要回家囉。」她衝出教室來要跟我走，我不得不提醒她：「你書包咧？」女兒說：「哦。」又轟炸機似的撞了一缸子人回座位上去拿了書包。

關於我女兒的「風力」，不騙你，我曾經看見她從教室裡桌椅旁衝過，然後相隔兩步遠的另一排桌子上的教科書就被掃下來了。

她初戀是二十六歲談的。在此之前，我很肯定她缺乏男女意識。只要有人追求她，她就非常生氣。因為完全不懂別人到底在幹什麼。曾經有男生跑到我們家樓下彈吉他對她唱歌。女兒覺得太丟臉了，跑到陽臺上去罵他，要不是被我攔，她還準備丟東西砸人。曾經有男孩子每天在她上班的公司等她，搶她的皮包讓她追著他跑。女兒氣壞了，每天都在想要如何讓這傢伙「生不如死」。曾經有人跟蹤她，女兒被跟煩了，轉過身來跟人吵架……

這樣的女兒，一直跟個小男生似的。希臘神話中，仙女達芙妮要逃脫阿波羅的追求，請求眾神把她變成了月桂樹。女兒的人生中，也有一個階段曾經是達芙妮，不僅不涉情愛，且也不懂，並且不想。但是忽然有一天，她跨過了某個界限，這一步無法回頭。便就此進入了顛沛紅塵。

她開始渴望有伴侶，開始體認到必須與另一個人相遇來讓自己完整。

異事

我兒子是非常奇怪的傢伙。不過一直到現在我才理解這一點。以前因為是純粹的母親，他的種種特異之處，我都當作是家裡出了天才兒童，從來沒有深究過。

關於家裡出了天才這種事情，我想全世界沒有任何父母會去疑惑或者想要研究那到底是怎麼回事。就像統一發票對到頭獎，只會覺得運氣很好，不會去研究「為什麼是我」吧。尤其是他看上去只是個普通小孩，毫無出奇之處。

他是過了預產期才生的，不但足月，還超過了。可能因為這樣，「體積」非常龐大，有三公斤半。因為「完全熟成」，有如瓜熟蒂落，生他的時候我體驗到無痛的自然生產。現在回想，兒子個性中具有的那種微妙的體貼，其實是一出生就開始的。

在他之前，有兩年時光，女兒唯我獨尊。雖然模糊的知道家裡將要增添新成員，但是顯然認為那只是床邊故事或某種理論，因為那個「弟弟或妹妹」從來沒有出現。

母親懷孕，對於一個不及兩歲的孩童，仔細想想的話，可以肯定那絕對不是美妙的事。首先，她看見母親發胖。胖子在當今社會不算稀有，看電視也知道人是有胖有瘦的。至於為什麼胖得那樣快，而且優先胖在肚皮上，我想小孩子不會去思考，畢竟那是她過了四十，代謝退化之後才需要憂心的事。比較奇怪的是，大人告訴她：媽媽肚子裡有個「弟弟或妹妹」。

聽到這種話，任何一個頭腦正常敏於思考並且邏輯性尚可的人類，一定會想：「為什麼要把小孩吃掉呢？」

女兒有沒有發出這一類的大哉問，我已經不記得了。或許是有的，用她那還不到百字的薄弱詞彙，說一些奇怪的難以解釋的話。大人當然不可能有這種思想。雖然，我們也同意凡是肚皮裡的東西多數是我們「吃」進去的。所以女兒那些邊哭邊喊發出來的嘟囔話語，我從來沒有疑心過，她可能在表達某種恐慌：或許是憂慮自己有一天也會被母親「吃掉」；也或者是警告母親：「吃」進肚子裡的那個東西是有害的。我時常要她貼著腹部傾聽，或者把手放在肚皮上感受裡面的動靜，而渾然不知，這兩件事，適足以助長她「母親肚子裡有個怪物」的想法。

所以，當我進醫院的時候，女兒坐在我肚皮上，哭得有如大難臨頭。要是旁邊有個明白人，可能會告訴我：她不是捨不得離開媽媽，而是為了不能「解救」母親而哭泣。她努力用自己不足十公斤的體重想「壓死」老媽肚皮裡的怪物，而想當然耳，這個努力完全無效。

她坐在我隆起的肚子上哭，某種程度，可以說她其實坐在她弟弟身上，只隔了一層肚皮。這對姊弟的關係，至少是早期，在這時候就已經確立。兒子出生之後，有一年左右，一直生存在我女兒的「迫害」之下。

現在回想，我實在不知道我兒子是怎麼活下來的。女兒只有兩歲，唯一能夠使用的「武器」就是她自己，因此她是非常公開，明朗，並且無邪的表達她對於這個外來者的意見。

經過嬰兒車旁，她會推翻車子，把弟弟「倒」出來。如果弟弟哭得太吵，她就直接了當坐在他臉上。家裡時常出現的畫面之一，就是她弟弟四肢騰動，為自己的性命賣力掙扎，而我們美麗的小公主，蘋果臉紅撲撲，滿面笑容，兩眼發亮，得意的向我邀功，說：「弟弟被我弄不哭了。」得到機會她就打他，非常威猛有力的朝他腦殼「嘭」敲下去。雖然不斷被我們制止，不過她好像有使命感，決心要「進行到底」，一直打弟弟打到有一天弟弟還擊，才終止了這種霸凌。

因為家裡就只出現這麼一名天才兒童（他智商一七八），也只有他一個時常被打腦袋，所以我不免要疑惑這兩件事或許是有什麼連帶關係的。在此備考，以待後人研究。

得過諾貝爾物理獎的大師李查・費曼曾經說過：「物理學的定理之一是：所有的定理最終一定會被證明是錯誤的，所有新的定理通常都來自於推翻舊有的定理。」所以，也許「打腦袋會變笨」這個觀念並不是那樣確然，或許是某種「進化」手段，通過腦殼震盪因此產生腦細胞的分枝或末端突起之類。

新時代的賽斯資訊這樣說過：地球是一個大學堂。我們來到人世，是為了學習。而為了學習，就像上大學要選科，我們會「訂製」這個學習需要的人生經歷。從這個觀點看，我兒子大約給自己訂製了非常艱苦的人生經歷。

生他的時候我母親買人參給我進補。當時不知道人參是回奶的，所以兒子出生之後，對於人生的第一個認知就是：世界不歡迎他。這個悲慘的小傢伙，面對母親看上去豐盛的乳房，但是，沒有奶水。他的小腦袋偎在我胸前，賣力的吸啜兩口，就停下來哀哀哭泣。再吸兩口，又停下來哀哀哭兩聲。這狀況維持近兩天，搞得我非常心煩，因為他不肯睡，一直要吃，但是又邊吃邊哭。我那時不知道他肚子餓，全世界都不知道他一口奶水也沒吃到，只看到他咬著乳房不放，還依然「不知足」的哭叫。

正好住院，於是就給他來了全套檢查。之後發現他胃裡沒東西，這才知道他哭是因為肚子餓。坦白說，我一向認為所有的健康檢查都非常不健康，在一九七四年的所謂檢查，也完全談不上人道。兒子出生才四十八小時，繼挨餓之後，又被從喉嚨和鼻子裡插管，壓肚子，抽血，捏手捏腳……一般來說，這是要加入黑道之後又退出黑道才會得到的待遇。我兒子之所以一直對他來到的這個世界欠缺信心和好感，說實話，不是沒有原因的。

母性

到朋友家去，兩夫妻在吵架，因為小孩太吵，老婆受不了，把剛滿月的兒子扔到床底下去。

這是我年輕時候的事，當時我剛二十出頭，朋友的妻子大不了我多少。我們那時候，女孩子結婚多數在二十到二十五歲之間。這位年輕的母親白天要上班，晚上回家來伺候丈夫公婆之外還要帶孩子，而小孩整個晚上哭鬧不肯睡，於是便得到了扔進床底下的下場。

這個被扔到床底下的孩子現在已經三十多了，自己也結婚生子。他的妻子有沒有同樣的為母壓力，因為要問就得把他母親當年「虐嬰」的舊事給掀出來，所以我沒問。不過看他目前棒大腰粗的，言語豪邁俐落，事業有成，感情也「有成」，顯然當年被扔到床底下的遭遇，並沒對他的成長造成什麼陰影。不像心理學所認為的那樣。

另外，他老婆不帶孩子。因為是獨子，住在家裡，帶孩子的是我那位年事已高的老友。他把五歲的小孫女兒圈在兩腿間陪她看故事書，一個字一個字念給她聽。妻子已經成為了前妻，所以狀況不明。他倒還是記得當初老婆把孩子丟到床底下的事，現在沒那樣大火氣了。他笑嘻嘻的嘆說：太年輕了，那時候大家都太年輕了。

到底要多大年紀才適合成為母親，任何育兒書上都沒提。而人世裡的現狀是：從十五歲（最新的低齡紀錄是十一歲）到四十歲，都有可能成為母親。雖然歲數有高下，但是「成為母親」這件事，跟當兵一樣，無論你看過多少相關書籍，聽過多少忠告，做過多少「職前訓練」，那依然是驚險和充滿變數與意外的過程。

所謂「稱職」的母親，理論上存在，現實裡不存在。所有的為人母者，基本上都在邊做邊學，他們「稱職」的標準日新月異，瞬息萬變。而且完全由不得自己。非常努力的母親，可能養出頑劣不馴的下一代；而那種讓孩子靠便利商店養活，連孩子念幾年級了都茫然的母親，卻相反的會有自立自強的子女。母親之稱不稱職，以及，更嚴重的，偉不偉大，是靠子女來證明的。如果子女成材，全世界都同意是因為有個好母親。但是現在，「偉人」故事看多了，我深深覺得，如果母親非常不稱職，有時候，孩子成材的可能性還更大一點。母親如果不稱職的程度達到天怒人怨「水準」，偶爾，會驚人的養出「偉大」的子女。當然「偉大」算不上德行項目。偉大代表其極有影響力，跟這個人是不是好人，並沒有必然關係。

因之，敝人得出結論：母親之稱不稱職，偉不偉大，是沒法去「努力」的，也「立志」不來。為人父母一事，表示自此之後身邊永遠有個（或數個）觀眾，你的一言一行，他們看見。你最隱密不為人知的事，他們看見。你真正的性格，他們看見。你的優點缺點，尤其是你努力想迴避和掩飾的缺點，他們看見，有時候還「複製」出來讓你自己看。這群觀眾會從粉絲變成「不粉絲」，糟糕的是，最初崇拜你或景仰你的目光，這時開始審視你批判你，之後給出了摻雜他們自己的情緒感情人生觀遭遇和性格的複雜反應。有時候很感人，有時候很傷人。同樣，依舊不是你能夠努力或立志來左右的。我們不小心成為母親（或父親）之後，唯一能做到的，便是努力做一個有價值的人，立志做一個不放棄自己的人。讓孩子們自己看，從而明白如何成為自己想成為的人。

關於子女該怎麼養，我年輕時得到過一個忠告。當時自然不以為那是忠告，那時我剛生第一胎，「立志」要做個良母，懷孕期間把能找到的育兒書籍全看了。後來小孩生出來了，感覺就像拿了旅遊書籍去旅行，一切都「好像是又好像不是」。「旅遊書」上提到的「景點」全都有，但是全都與真實情況有微妙的差別。不知道為什麼，任何育兒書籍從來不提小孩子完全有可能既不生病，也不惹麻煩，只是平安無事的長大。而且這比例並不在少數（否則世界人口怎麼會那樣多啊）。育兒書上只是告訴你：當孩子如何如何時，極可能是害了某種致命疾病，或發生了影響一生的肢體障礙。如果不及時就醫，「將會造成嚴重的後果」。

我猜小兒科醫師賺的錢，至少有一半是「慰安費」。把自己那個不會說話的小傢伙抱在腿上，讓醫師拿壓舌板聽診器溫度計針頭去壓去戳去塞去刺；當自己的心肝寶貝被整治得哇哇大哭或哇哇大叫的時候，任何父母都會不期然湧起一股祥和的安心之感，內在充滿了寧靜。我們從來不疑心這個小鬼正在受罪，以及，他其實不需要受這個罪。

初為人母的我，就因為太努力想做個好母親，結果女兒就成為了實驗品。我擔心她可能視力有問題（她又不會說話），沒事便用強力檯燈（就是電影上逼供對付犯人的那種）去照她，要看到她瞳孔變大，才相信她的視網膜的確正常。又擔心她可能聽力有問題（她又不會說話），於是不時「定期」上映驚聲尖叫的戲碼。每次把女兒嚇哭之後，我都非常心安理得。後來她算是會說話了，可是大舌頭，擔心她一生都會如此，於是帶她去剪舌繫帶（後來才知道無此必要）。看她走路摔跤就去照X光檢查骨骼是否異常；發現她老是吃書（真的，家裡每本書都被她啃過），就去照胃鏡；因為耳屎太多在耳朵裡結塊於是帶她去開刀……。如是折騰她到三歲，沒把小鬼整出心理或生理創傷算她命大。

我這個生母，以愛為名，對我女兒的虐待其實比任何可怕的後母不遑多讓。請相信我，「努力」是身為母親最不需要的品行。

後來我女兒之能夠長大成人，跟我生了她弟弟有關。倒不是我的「努力」轉了向，開始專心對付新的「實驗品」，而是在醫院裡碰到了那位給我忠告的貴人。

那是醫院裡的護士長，大概四十左右。人胖乎乎的，個性爽朗，見人就笑，親和力十足。她時常來產房裡跟大家聊天。有人問她該怎麼養孩子，她大剌剌的說：「亂養。亂養就好。」

我不知道別人啦，不過我是沒把這話當真的，我覺得她大概是在隨便敷衍。要到很久很久以後，才知道這其實是金玉良言，比任何育兒理論都更有道理。

現在回想，她在醫院大約看多了「努力」的父母親折騰孩子的例子。之回答「亂」養，應當不是指胡亂帶孩子或甚至不管的意思。這個「亂」，應該是「隨意」，不需要太精心，不需要太仔細。不要盯得太緊，要給孩子自己去適應和成長，以及自由探索的空間。

其實，除了父母，孩子還要靠「天」養。無論做到多少，孩子是否可以無病無災的成長，那真是天意。要讓老天負一點責任，別把「工作」全攬了。有句關於母親的話說得很美：「因為上帝不能在每個人身邊，所以他為每個人派來了母親。」就這句話也可以認知為母親是上帝的「代理」，在母親之上，有個更高的意志，我們必須信仰：其實祂也在照顧孩子。

父母子女

張愛玲《雷峰塔》裡有一段極簡單和冷酷的描述，是姊弟倆的對話。談到家裡的老奶媽何干。弟弟說：「何干的母親死了。」問說怎麼回事，弟弟回答：「聽說是給何干的兒子活埋了。」何干的兒子叫富臣。「說是富臣老問他外婆怎麼還不死，這一天氣起來，硬把她裝進了棺材裡。」

以上所引，完全是書中原句。一個字都沒動。張愛玲這兩本書裡的敘事俱都日常與家常，非常生活化。這段描述出來，讓我嚇了一跳。

《雷峰塔》和《易經》公認有張愛玲自傳的性質，內容或許有多少的避諱和修飾，然而老傭人的家事，無關緊要，卻三言兩語記在了書上，我覺得真實成分居多。會寫這樣一段，可能張愛玲自己聽到的時候也有多少的震嚇吧。

何干是張愛玲的奶媽，她家鄉話裡稱奶媽為「干」，弟弟的奶媽就叫「秦干」。何干跟著張家很久，等於把張愛玲從小帶大的。她在城裡做事，孩子就留在老家交給母親帶。富臣和其弟妹可以算是外婆拉拔長大的。如果不是這樣親近，富臣活埋外婆的時候或也不致這樣俐落。對母親何干不會這樣，倒不是母子情深，只是母親是那個寄錢回家的人，只見到錢，不需要相處。人與人，往往是相處讓人生恨。距離產生美感，其實不光指愛情，親情也一樣。

我覺得「父母親」是個概念。這概念的意義和真實人生裡貼合得極少。理論上，「父母親」是我們所從出的對象，飲水思源，理應有孺慕之情。然而生活裡，我們對父母，尤其是與我們一起生活的父母親，鮮少能長久維持這樣的情感。真正時常存在的感受，多半只是壓力。

有一次跟小孩聊天，問說我這做娘的是不是很好相處？兒子沉吟半天，說了一句：「一言難盡。」

我自認明理通達，是天底下最容易相處的母親，不過聽到了這樣直白的大實話，也還是不免悚然一驚。身為父母，似乎如何寬容，子女還是會產生壓力。這幾乎都形成制約了。所有的子女都假設自己有責任要滿足父母親的期望，就算父母親根本不期望也一樣。不期望的父母親給孩子的壓力可能還更大，就像給了他一張空白購物單要他買東西。子女會覺得自己「應該」要如何，卻茫然於不知道那個「如何」是什麼。就像「隨便」、「都可以」、「什麼都好」，這種要求其實最難滿足一樣。

世間不但愛情千瘡百孔，千瘡百孔的親情更多，美好的親子關係事實上比理想的婚姻關係更難，不過我們一般不大提，上頭有人倫大帽子。對丈夫或妻子不滿是個人問題，對父母親有怨言，牽涉到人格，德行，社會教化，國民品質，直接動搖國本。

故此，不論古今中外，全世界都假設子女愛父母，充滿孺慕之情敬仰之心；而父母都愛子女，會保護下一代教育下一代；萬一有了差池，也以愛為名，相信父母的作為都是為了子女好。雖然真實人生裡並不盡然。我們鮮少正視：親子關係中，有時候，愛的扭曲或變異，會比任何其他的感情更容易。

任何一種情感（或關係），基本上都是對等的，日久天長之後，因為彼此的個性，或背景，或能力，產生了不對等，那是另一回事。不過沒有人是以「不對等」為前提去發展關係的。只有親子關係不一樣。親子關係一產生，便有上下尊卑之別。這或也不是什麼吃人的禮教制訂出來的，而是我們天性如此：總希望那個「在上者」比我們強，可以讓我們仰望。

有個出名的廣告詞是：「孩子，我希望你將來比我強！」這句話打動天下父母心。不過如果問卷調查一下，我相信天下子女，一無例外，一定都希望父母親比自己強。成長期的第一個打擊，多數都是對父母親的失望。發現那個自己崇拜仰望的對象，其實沒有那樣強，其實平庸，無法期待，甚至無能。看不起自己的父母親是最痛苦的事，因為他們預示了我們的將來。那個將來而且日日夜夜在身邊上演。

西諺有云：「僕傭眼中無偉人。」再是英雄美女，跟他們一起生活的人多半只看到歹戲拖棚。凡為人子女者，在人生的某個階段，內心裡一定都曾經冒出過微小的聲音：「我絕對不要像我的父親（或母親）。」就是因為看到了英雄美女的背面。許多人更因此選擇「走到對面去」，成為與父母完全不同的人。

一般罵子女不成材多愛用「不肖」一詞，然而做「不肖子」或「不肖女」通常都是子女們的人生第一志願。我們花盡力氣，希望自己絕對不要「像」自己的父母親。有些人不像得異常徹底，但是越是「不像」，越是突顯了那個本尊的影響力。所有的「不像」都帶著那個「像」在身邊，就像那種心理學圖片，空白處其實顯影著另一張圖像。

因為這麼不願意「像」他們，很少人理解自己的父母。我們都只在概念上理解他們，而那屬於「父母親」這個身分的壓迫性質，占據這概念的大部分。父母親是最容易被兒女誤解的人。

我朋友告訴我這個故事。他家住南部，父母務農，是非常傳統的鄉下人。老夫妻相守了一輩子，也希望子女們如此。結果他離婚之後不敢跟家裡講。因為逢年過節無法帶老婆回家去，於是每逢重要節慶或長輩生日，他都「正好」在國外出差。後來他交了女友，對方離過婚，還帶著兩個孩子。兩個人同居了三年，鄉下的父母不知道有這個人存在。

有一天，父母上臺北來看他，相處了一整天。這對拘謹樸實的鄉下老人，什麼也沒表露，卻在離開時，在火車月臺上，塞了金鐲子給他。母親說：「給你現在那個某。」

他一時沒聽懂。以為是要送給自己前妻的。父親這時卻說：「有空把孩子帶回來給我們看看。」

他和前妻沒有生育。所以父母親知道了他的現狀。不知道是從哪裡知道的。但是兩老不但接受了他的離婚，可能再婚，並且已然表明了願意接納那兩個與他並無血緣的孩子。

我們時常低估父母親的可能性。低估了他們也會改變也會成長的可能。

無論年輕時背叛得多麼厲害，某個歲數上，我們都會在面鏡時看見自己的父親或母親，證明了我們就是他們。這是命運的殘酷，以及溫暖之處。當明明白白看見我們成為了他們的時候，忽然之間，似乎會明瞭：他們為什麼是那樣的父母親，以及，為什麼是那樣的人。

職業

一直以來，碰到有人問我幹哪一行，我總說編劇。沒法說自己是作家。作家似乎不是個行業，或者說，是個遊手好閒的行業，如果說自己是作家，似乎在表白自己無事可做，至少在做的事情看不出來。收入也是很麻煩的事。說自己是編劇，人家會問，那寫一本劇本多少錢，一本劇本要寫多久？都是非常具體的。但是作家，如果有人問「寫一本書多少錢？」「寫一本書要多久？」從我出第一本書到現在逾三十年，這問題我還是答不出來。

「作家」的好處是，那是「進行中」的行業。就算八百年沒出書，沒寫出一個字來，因為這行業的莫測性：「多久」和「多少」從來沒有個定數，總覺得「不知道哪一天」此人就會寫出什麼驚世駭俗之作。因此，一日作家終身作家。有前總統，前總裁，前校長，前經理，但是從來沒有「前」作家，只有死了的作家。但是作家死了也還是擁有這個頭銜，一日作家終身作家。

所以，我猜，作家不是個行業。報稅的時候被歸在自由業裡。收入不在薪資所得中，而且，多數時候，把稿費寬免額一扣，通常就不必交稅了。我在身為「作家」的時代，通常都不繳稅的，當然也沒有退稅。開始有稅可繳是作了職業編劇之後，寫劇本之後，才實質的感受到自己是個有工作的人。講到自己在寫的戲，有頭有臉：某公司製作，某電視臺要播出，某某人演某某人導，非常像回事。不像跟人說：「我在寫小說。」寫給誰？哪裡要刊登哪裡要出書？都在虛無縹緲中。說出這句話來就像在做夢似的，現實感近乎零。

所以我總是羨慕那些朝九晚五有班可上的人，覺得他們生活規律，生命在軌道中。雖然禮拜五可能卡拉OK唱到半夜，禮拜六醉生夢死，禮拜天睡一整天，但是只要到了禮拜一，一切就恢復正常秩序。禮拜五到禮拜天的「不正常」，也成為規律和秩序的一部分。但是在家過日子，每一天都可以是另一天，周一可以是周五，周五可以是周日，或者一周七天都是周六……總之，混亂。我在朋友間是出了名缺乏時間觀念的人，這都是做「作家」害的。如果每一天都像另一天，上午和下午差不多，那麼每一小時也就很像另一小時。有次聽到某人說他的朋友，兩個人約在某處相見，那個人第二天才在約會地點出現。整整遲到了一天！我覺得這個人一定是個作家。

我個人朝九晚五的經歷非常「輕薄短小」，現在回想，這一輩子的上班族歲月，總加起來，大概還不到半年。自己在「上班」時做的是什麼工作，說實話，沒什麼實質記憶，反倒是記得其他的，工作之外的事。

我的第一份工作，是我媽託人找的，在臺南某公家機構工作，那時候沒有「工讀生」和「義工」這種東西，所有的拿底層薪水的都是臨時僱員。臨時僱員多半是高中或高職剛畢業的年輕女孩子。因為薪水低，幾乎每個老鳥都會配置一個或兩個。我們上班時坐在正式職員的兩旁。現在回想，頗有點像公家幫他們僱用的調劑身心的「娛樂用品」，除了不斷被吃豆腐之外，我實在想不出我們做了什麼重要的事。

不過我們都是年輕女孩，剛出校門，剛從清湯掛麵的髮型中解放，剛開始穿洋裝高跟鞋，剛開始自覺到自己是美麗的，所以對那些中年男人的輕薄言語並不感覺輕佻，也或許根本就還不知道輕佻是什麼，總之，大家都快樂的承受著，被調戲時，便微笑，感覺自己終於是個大人了。

在我們那時候，「成年」從出社會開始。多數人都是開始工作之後才急速的由小孩轉成大人。我們在一個月裡學會一切：化妝，打扮，與男人對話，相處，解讀男人的眼光，適應男人的話語。我們那時候的青春，比之現代的年輕人，似乎要更為清鮮些，就像剛從樹上摘下的桃子，帶著細細的絨毛。那似有若無的絨毛，見證我們的完整和從未被碰觸。

上班上了一個多月，印象裡盡在吃。公務員辦公室裡不知道為什麼有那麼多吃的東西。點心、水果、不要錢似的一袋一袋放著。我們總在吃，等到了中午就跟其他的臨時僱員一起去吃飯。如果老闆請客，就會去高級餐廳，吃那些比我們薪水更貴的食物。

後來就離職了。大約是臨時僱員的「臨時工時」額度滿了，或者只不過是老闆想換一些新的女孩子來調戲，總之我「失業」了，雖然不算是什麼工作，拿我媽的話來講，還不夠付車錢和飯錢。不過女孩子在沒出嫁之前不時興留在家裡「等」出嫁，所以我媽又替我找了個「離鄉背井」的工作。

說這工作離鄉背井，是因為地點在高雄，雖然從臺南坐慢車不到一小時就到，不過心態上完全覺得自己離家五百里，無疑是個獨立的大人了。

剛上工的時候，因為沒找到房子，住在老闆家裡。我工作的那家「公司」非常家庭化，經理董事長會計業務員都有親戚關係，只有我是外人。公司三層樓，老闆的千金住二樓，年齡與我相仿，我就跟她住在一起。

這是個很漂亮的女孩，悍然而美麗。個子不高，但是完全是蜂腰豪乳的典型，皮膚亮白，灌了牛奶相似。大眼睛高鼻梁菱角小嘴，臉蛋完美無瑕，潔亮光滑像瓷器塑出來的。她完全知道自己的美麗，眉挑上去，眼睛大大，毫不客氣的看人。

有一天，其實是上班時間，不該上樓的，但是我忘了東西得回房去拿。在外頭敲門敲了好半天。老闆千金來開門，她就那樣，眼睛大大，挑著眉看我，並不問話，只是慢慢的把沒穿齊整的長褲拉鍊拉起來。

我跟她說了我要的東西，她進去拿出來給我。我直到下了樓才想清楚自己看到的是什麼。我那時年輕，什麼也不懂。但是也知道雖然我們同齡，我還是女孩，她已經是個女人了。

我很快找了房子搬出去。其實是分租別人家的一小間房，但是畢生頭一次擁有「自己的房間」，我愛那個窄窄的，只放得下一張床和桌子的房間。我有個大大的窗，望出去是院子裡的白色大茶花。茶花是很莊嚴的花，總是齊齊整整，花瓣大片大片舒展，全無風光旖旎傾斜之姿，是那種要經過正式介紹才跟你搭話的美人。我時常坐在窗前，看著凝止的大茶花吃飯，或看書，喝咖啡。在不上班的時候。

咖啡

幸而這世界禁菸而不是禁咖啡。如果有一天政府宣布，某月某日開始，要全面禁咖啡。所有酗咖啡的人都只有兩個選擇，不是戒咖啡就是從此要低人一等的來喝咖啡。在任何場合，如果想喝咖啡，便必須群聚到「咖啡室」裡，或者躲到戶外，在炙陽或北風中捧著自己那一杯珍貴的咖啡悄悄啜飲。

所有喝咖啡的杯具上都必須印上交叉的骷髏頭，或者某個喝咖啡喝 high 因而發狂的人臉；以及一些器官圖片：因為吸取太多咖啡因，急速收縮而產生痙攣的心臟，或者被長年的咖啡癮浸染的黑色胃袋與腸道，或許也有血管，深褐色的咖啡和暗紅色的血在管道裡像孿生子般的難以分辨。如果不小心捧著飄出濃烈咖啡味的杯具從路上經過時，便要忍受旁人鄙視的眼光。

而在城市裡喝一杯咖啡將成為尋寶般的行為。咖啡族們會口耳相傳，哪裡是可以喝咖啡的，哪裡不行。那些隱密的地方需要某種暗號才能進去。通常在某個商店的裡間或地下室，用一般普通行業做掩飾。咖啡族們會若無其事的進入商店，對著店家比出神祕手勢，之後對方便以隱微的眼色指出入口。我們通過貨架與貨架（如果它偽裝為雜貨店），或者衣架與衣架（如果偽裝成外銷成衣店），或者書架與書架（如果偽裝成書店）……之後來到了有咖啡可喝的寶地。情勢如此艱難，喝咖啡的人可能會產生相濡以沫的同志感情吧，我們會圍坐在小小的桌旁，對飲濃烈的苦咖啡，一起對抗全世界。

因為做過這種想像，某種程度，我是很能理解在禁菸世界裡的癮君子們的悲憤的。

咖啡「似乎」不是毒品，可是我多年喝咖啡，事實上也有禁斷症狀，如果早晨起來沒有先灌一大杯咖啡的話，那一整天就覺得渾身無力，頭痛，流鼻水，不停打噴嚏，人像流體似的隨時要往某個方向傾斜，之後消失。相反的，只要一杯咖啡下肚，天色隨即明亮，生猛有勁，世界由黑白轉彩色，沒來由的十分歡喜快樂，成為對每件事每個人都使用驚歎號的人。

上一周我連續參加了三個聚會，不斷聽到那些從來沒見過我或許久沒見到我的人說我「精神十足」。我非常詫異，因為覺得自己老樣子，並無特異變化。後來回家說與兒子聽，他為我揭開謎底：「老媽你是不是喝咖啡了？」

的確，我依舊在任何場合都以咖啡為飲料，不管前面在家已經灌過三杯。咖啡讓我時常保持興高采烈的狀態，只要喝了咖啡我就到處跳來跳去，好像裝了電池。最近大雨，懶得出門，咖啡喝完了，打電話叫兒子給我買咖啡，交代他：「咖啡因越多越好，只要不讓我頭痛就行。」後來兒子送來咖啡，我精神萎靡雙手顫抖捧起那杯咖啡，完完全全覺得自己跟海洛因吸食者沒有兩樣，已經既不講究品質，也不要求味道，只要給我咖啡因就好。

我很早就開始接觸咖啡，大約十二歲。在我的成長環境中這簡直難以想像。我所認識的唯一「舶來品」，是教堂發放的美國救濟衣物，以及奶粉。我們吃奶粉不是泡成牛奶來喝，而是抓一搓在手心裡，用手指頭沾著，一「指」一「指」的舔食。這樣吃法有時可以吃一上午。我最早「吃」到的咖啡，也不是泡出來的，是壓製成塊狀，還記得商標是「黑美人」，包裝紙上一個長脖子，包著頭巾的咖啡色女人，戴著大耳環和珍珠項鍊。揭開包裝紙，裡面就是大小約兩顆方糖並排的咖啡塊，全白，因為咖啡包裹在糖裡面。

家裡為什麼竟會有這樣東西，已完全不可考。可能是某個送禮的人把咖啡送到了沒那樣洋派的人家裡，於是這一家就在下次需要送禮的時候送了出去。「黑美人」到達我家的時候，如果不是有人把它拆開來，可能還要歷經無數流轉。

總之，我們家的某人把它打開了。可能因為轉送過太多次，包裝已經毀損，實在送不大出去；也可能是擔心它壞掉。那時我們並不知道咖啡不大容易放壞的。以前家裡有過許多次慘痛經驗，別人送來的板鴨，臘腸，桂花年糕，多半是不准吃的。母親會密藏起來，準備有機會的時候轉送他人，然而等需要送禮的時候去檢視那些禮品，往往發現上頭已經發霉了。

所以，我們留下了黑美人。因為沒有人知道該怎麼吃，所以母親分給每個孩子一塊，不就是糖嗎？弟妹們舔完了外層的糖，發現裡頭是苦的，都不要了。我自己則是一開始先咬了一大口，嘴裡是咖啡與糖粉的混合，有點苦有點香有點甜。後來其他人不要的就都歸了我。我一開始的咖啡經驗非常濃郁。那些粉狀的，包著空氣的黑色顆粒，在我的舌頭上融化，久久不散，或許教育了我的味蕾，讓我不僅認識了咖啡，還熟悉了它的滋味。

最初喝咖啡全無章法，只是一個勁往裡放糖。有次和一個外國朋友喝咖啡，一口氣在杯子裡加了十來匙糖，他評論道：「你不是給咖啡加糖，是在給糖加咖啡。」很長一段時間，我喝的可能都只是咖啡色的糖水。後來有懂得喝咖啡的朋友教我如何沖泡：要先用熱水沖開咖啡，之後加奶精。咖啡與奶精的最佳比例是一比二。這樣泡出來的咖啡甚至不需要糖，自然沒有澀苦味。我還記得我的第一杯加了奶精的咖啡，入口濃香，就像咖啡忽然變身，成為了另一種東西。我喝了多年的咖啡色糖水，終於，因由奶精的提味，成為了真正美妙的東西。

數十年裡，一直在喝咖啡加奶精。咖啡店林立的時候很多咖啡店用奶球搭配咖啡，我一直喝不慣。更別提冰咖啡上直接加一坨奶油的作法。奶精之於咖啡，超過了「伴侶」，直接到達「上師」的地步，它是提升咖啡的聖品。某些傳統咖啡店，咖啡桌上，除了糖，還有奶精，俱都用白瓷小罐裝著，沒有比在冒著熱氣的咖啡裡加入奶精更美妙的經驗了。香水有所謂的前味中味和後味，咖啡加入奶精的過程，完全在這個層次上。

一匙一匙把奶精攪進咖啡裡，那香味從最初撲鼻的洶洶焦香，逐漸軟化，溫潤，到達奇異的甜，火氣盡失。就像降伏在奶精裡。

咖啡的香氣是奇異的，不同品種的咖啡有不同的香氣，有些咖啡焦苦，有些酸甘，幾乎都可以擬人化。某次在朋友家，他精於咖啡之道，有各種烹煮和濾泡咖啡的器具，他為我煮咖啡，裝在狹長的，像個鐘塔般的容器裡，每一「鐘」裡只有兩杯。倒出來後，他用鮮奶灑在咖啡表面上，一邊旋轉咖啡杯，讓白色奶汁均勻布在咖啡表面。不攪動，就直接就口。那是雙重滋味，奶香下藏著咖啡的苦澀，而奇妙的非常調和，奶之醇厚與咖啡之拙重，同時捲入舌底，分明是兩個個體，卻搭配得恰到好處。讓我想到雙人關係中也應該如此：真正的「調和」，並不是喪失個別性，反而是彰顯和榮耀了彼此。

身之外

最近在看娜妲莉·高柏的《心靈寫作》，因為簡介上說與靈修有關。於是買來看。

我不能算是靈修者，就像我不能算是佛教徒，看許多靈修書或佛教典籍，不是為了修身是為了好奇。不知道為什麼，會覺得這兩類書籍談情論事比較合理。我自己是一向對於人或世界有無數困惑，活到了現在，還是想問一大堆為什麼。之所以成為寫作人，大有可能是在給自己解釋，透過說給自己聽，還世界以某種秩序。

娜妲莉這本書，直接就是勵志書籍，當然對於寫作也說了許多道理，並且發明出非常多的創意來教導寫作，但是，還是覺得它勵志成分比教學成分多，原書名叫「WRITING DOWN THE ONES」，比較喜歡原書名，有力透紙背之感，而且也標誌了寫作不是「行為」，而是生命的印刻。娜妲莉的態度是：之所以要寫作，是為了透過書寫來品嘗讚歎享受和回味生命。當初倉頡造字，據說是「天雨粟，鬼夜哭」。文字可能是人類唯一絕對原創之物，繪畫或雕塑，基本上都有個實物任其模仿。只有文字，橫空出世，既無所出，亦無所由。而被憑空創造出來的某個字，與物體和意念連結，就像把那些東西給凝固住了，成為比現實存在更為堅固之物，既抓住了具象又抓住了抽象，讓人類開始思想。是的，我認為人類是有了文字之後才會思想，字彙不夠的話，要如何描繪思想架構理論呢？或許連敘事都很貧乏吧。

剛才隨手一翻，翻到的是五十四頁，劈頭便是以下的題目：

你如何知道有關性的事

你的第一次性經驗

感到與神或大自然最接近的一次經驗

改變你的人生的文章或書籍

肉體的耐力

那是「列張寫作練習的題目表」一篇裡的。這些題目是娜妲莉列出來讓人參考的。我仔細的看這些題目，發現這些題目我寫不出來。

之所以寫不出來，是因為忘記了。真糟。活這樣久，層層疊疊的記憶像放在置物箱裡的舊文件，新的疊上舊的，一層一層，似乎是秩序分明的，然而不堪攪動，一攪動便破碎了。我繼父曾經把我早年寫的劇本全部打包，四四方方像一張小凳子，然後用天藍色塑膠袋包裹，用紅色塑料繩綁起來，上下左右四方纏繞。這些年搬了許多次家，這個天藍色包裹一直帶著，從來沒解開過，我猜想它可能在塑膠袋裡融化了，並且又凝固了，之後又融化又凝固，成為不知道什麼東西，就外殼還是那個樣子。很像我所有的記憶，感覺它們在被封藏之後就經歷那種融化之後凝固之後融化再凝固的過程，沒有確然分明的部分。我不記得我第一次知道有關性的事，因為那記憶已經混雜入第一次性經驗（或許不是第一次），混雜入肉體耐力，混雜入與神最接近的一次經驗，混雜入改變我的人生的某個畫面文章書籍以及圖畫電影……

我的記憶不是迷宮，沒有任何祕密性可言，是紐約的棋盤大街，每一條路都能夠通往其他的路，每個轉角都很像，因此沒有地標。

這所以我從來不相信記憶，我對記憶唯一的信念便是「它不準」。有些資料性的事情，當然沒話說，有證件有文件有紀錄，但是寄託於那些資料的事實，至少，在我的人生中，不準確的可能性是很大的。它們混雜在一塊。事實上，是混雜使得這些記憶產生意義。在我們人生地圖上散落的那許多事件，獨立來看是乾枯的，沒有意義。要與人生裡其他事件相連，那或者發生在之前，或者發生在之後，或者發生在別人身上……拼圖湊齊之後，我們才能明白生命為我們呈現的畫面。

一整個夏天我都在樓下寫稿，一直到現在，面對著牆面上的白板，白板前的掛衣「柱子」（我不知道要叫它什麼，是一根上面很多岔枝讓人掛東西），菜籃車，鐵製的，也或許不鏽鋼，是銀色。銀色對菜籃車似乎是奇怪的顏色，至少是寫出這一句時才認知到這一點，銀是貴重金屬，而「菜籃」極尋常，在日常生活裡，平凡不足奇。

菜籃車放客廳，並且就在樓梯口（距離兩步遠），正在電燈開關下方（僅三指差）。這個古怪位置是因為客廳實在是小。我的客廳沒有沙發沒有茶几沒有電視機大螢幕沒有DVD錄影機或櫃子（放酒或書或飾品小玩意），但是有按摩椅一臺，搖椅一個。搖椅腳踏那一塊非常長和突出，經過時不注意很容易碰撞到。搖椅是金屬製，當初買它可能是因為它整個是金色，不是黃金那種金，是銅金色，是雖為「金」卻帶有一種踏實感，買來就一直放著，到現在大約也存在八年了，坐下來搖它的次數有沒有超過十次都很可懷疑。它實在太大太冰冷太奇異，像藝術品而不像家具。且還是「素人」藝術，像洪通的畫或其他，更像某種骨骼，某種抽象物質的遺骸。取名字的話，或叫「虛無」。那搖椅沒有人坐，除非特意去試，絕不會是為了舒適，多少是因為它是搖椅。坐上去便很快離開，因為坐上去的搖晃讓人不安。這搖椅或該叫「遺棄」，它背離它的功能，成為另一種東西。

於是便拿它放大毛巾。浴室在客廳的底部。洗過澡擦身之後把毛巾打開來搭在上面，毛巾比人體更適合它。

客廳另外的東西是按摩椅和搖椅之間一張小桌，這是那種 IKEA 的木製半尺小桌，可以折疊的，我把上面架了大木板「變成」的。我的家具一直都有種「臨時」狀態，無論什麼都是拼湊和混搭而成，現在在用的書桌是兩張小桌併在一塊，其實是半年前新買的，但是買的當時就沒準備要個正式的桌子。靠門邊放雜物的長方形白鐵折疊桌，也不是真正的桌子，是過去開補習班使用的書桌。我的周圍充滿代替品，幾乎沒有「真正」的東西，唯一「真正」的，使用方式與名稱符合的就只是書架，靠牆放了四個。別的東西似乎很難成為書架，但是這些書架我也並不只放書，它也被使用為化妝臺（放我的鏡子化妝品裝飾品梳子髮帶，打點自己時我站在書架前），文件櫃，抽屜，甚至有一格書架放我的衣服，像服裝店那樣折疊了一件件放在書架上。剛才觀察時發現這一點。這表現我是無拘無束或是沒有章法呢？至少是顯示我活到現在了，有某些地方還沒有和那些被公認的準則同化。

屋外頭在下雨。我老是覺得下雨聲像某個巨大獸在用舌頭一點一點舔食地面時，接觸又剝離的聲音。這印象或感受從來沒變過。或許當真有個隱形的獸在做這個舔食動作。在下雨的時候。

不算通靈

我因為感冒沒大好，拿伏冒傷風熱飲當日常飲料，每天要喝好幾包，起床後一定先喝一杯。這天泡好了，就拿了本書坐在書桌前一邊看書一邊等它稍涼再喝。

我書桌上有電腦，這杯熱飲就放在鍵盤前方。正坐著看書，忽然，這杯子就給我當頭傾倒下來，整杯熱飲漫了滿桌，而且我身上，書上，電腦鍵盤上，全部都是。立即抓了面紙去阻斷飲料的漫滲之勢，之後便大聲慘叫，幸好正好是假日，兒子於是應聲而出，幫我收拾善後。

看著兒子手忙腳亂搶救電腦抹桌子擦地板，我一邊心疼我們家免費菲傭，一邊覺得很冤枉：其實我一根指頭也沒動，那杯水是自己倒下來的。這是真的真的真的真的！我坐在書桌前看書，文絲不動，就除非是翻書頁的時候推擠了空氣……不過說實話，這推論連我自己也不相信哇。

我身邊時常發生這種異常之事，例如物件自動移位，東西找不到，但是後來又突然出現在剛剛才找過的地方。例如在冰箱冷凍庫裡發現眼鏡，在浴室肥皂盒裡發現隨身碟，在衣架上發現麵包，在百科全書裡找到蘋果。究竟哪些是我無意識行為，哪些是超現實力量，已經無法分辨，兒子只是一律安之若素，見怪不怪，並且似乎也認同了我周邊的磁場是與眾不同的。

最近亂看書，在自華書店出版，巴涅特的《相對論入門》裡看到了這段話：

兩千三百年前，希臘哲學家德謨克里特斯說：

「不但一切的顏色，連甘與苦，冷與暖，這些東西只存在於觀念中，事實上並不存在；真正存在著的是不變的微粒，原子，以及它們在空間中的運動。」

所以：「哲學家和科學家逐漸獲得了一個驚人的結論：因為每樣客觀物體只是它的各種性質的總和，又因為這些性質只存於人的意念中，所以質與能，原子與星球合成的整個客觀宇宙，除了把它當成一個意識的結構，當成用人類的感覺形成的習用符號來表示的大結構以外，並不存在。

「而愛因斯坦把這觀念推向了極致。他說連空間和時間也只是直覺的兩種形式，和我們對顏色，形狀和大小的概念一樣，同是不能離意識而存在。空間，除了藉我們所發覺的客觀事物的秩序或排列來認識它之外，並無客觀的實體；時間，除了我們藉事情發生的先後次序來量度它之外，沒有獨立的存在。」

我覺得這段話是「新時代」流行的那句「你創造你的實相」的「科學版」。「你創造你的實相」，在新時代裡是信念，但在科學界，似乎是實證。

因之，我身邊總是出現這一類怪事，大約也沒有什麼不科學的，大概只是我可能骨子裡是相當搞怪的靈魂吧。

我曾經眼睜睜看過一個人「穿過」玻璃。發誓，這是真的真的。二十多年前我開過咖啡店，那時不流行電動門。開店之後，就把門向著街道打開，正好跟人行道成直角。這門是整扇透明落地玻璃。說實話，玻璃擦太乾淨的時候，有可能會視而不見的。有一天，有個人急急忙忙從路上經過，不騙你，他就直接穿過了這扇玻璃。大概是穿過去之後，感覺到什麼不對，他站住，與我的玻璃門距離大約四步遠。他站住回頭，看那扇門。而那扇他穿過時還完好的玻璃門，這時開始碎裂，嘩一聲全部落下來。

這是我眼睜睜看到的事。這扇門後來花了我八千塊重裝，那個人毫髮無損，並且機靈的很快溜走了。

我自己身上也發生過一些事，燒飯時瓦斯爆炸，整個屋頂地板都炸開，但是站在爐臺前的我無事。還有一次出車禍，我還以為會去天堂報到了，卻發現自己「穿過」跟自己相撞的那輛車。這些事我說不出道理，然而全是真的真的。有一次跟一位朋友談，他找了一大堆科學知識來解說，我也很想知道這些怪事的科學理論，所以聽了半天。但是大概理論太高深了，我其實有聽沒有懂。

但是，因為有這些奇妙經驗，我因此對於靈異或是超現實事體，總覺得那一定是真的。所有這些事我都相信。我相信平行世界，相信蝴蝶效應，相信時間機器，相信預知，相信榮格的共時性，相信附身，相信徵兆，相信超能力。

我覺得這些事都是真的，而且一定存在的。只是我們未必看見，看見了未必理解。

反推回心靈層面。我於是相信，就算是活在此時此地，我們身邊的，出門會碰見的，會在部落格上結識的，會在電影電視上觀其色相，會在廣播CD裡聞其音聲的，這些，我們以為是與我們活在同樣世界裡的其他人，其實他們所存在的世界，與我們並不一樣。這句話不是形容詞，其實就是結結實實的實相。我們創造，並且攜帶我們自己想像，並且執意認定其為真的世界行走。我們要我的世界悲慘，它便悲慘，要我的世界明亮，它便美麗燦爛。

我是在最近幾年，才實際的開始信仰這件事。我只能說，我自己的周圍環境便因此而改變。當然不是說我從此就凡事順利，心想事成，財源滾滾或飛黃騰達，只是到處都碰到好人是真的。我時常發現陌生人特別關顧我，總有人會莫名其妙的來幫忙和伸出援手——任何事。有時不免要覺得，我好像忽然腦袋上有了保護傘，到處逢凶化吉。

由於自己親身體會了這種幸運，因此有點迷信似的，很謹慎的提防自己不要有負面心念。無論遇到了怎樣的事，怎樣的人，都先確定他不是惡意。只要認同其人所做所為，不是有意來傷害我，便很容易原諒，甚或接受他對我所做的。

因為不斷的體驗到自己的世界因為心念轉變而改變的事實，在現在，這件事對我很容易了，但是過去也曾經無法相信，計較著所有的雞毛蒜皮，半懷疑的一邊「假裝」相信，一邊等世界來向我證明。在我懷疑的時候，世界還我以不確定，在我相信之後，這世界也就變得可信任了。

我知道這不容易。但是我自己確實是個證明。我經歷了善意會帶來善意，正面心念會帶來正向的回應。

聖本篤修士會有條規章是這樣的：「每一個人的經驗都可以用來服務他人，與啟發他人的成長。」這句話中有絕大的悲憫。一種所謂的「美好偉大人生」，固然可以做其他人的標竿，但是非常低微痛苦無法自拔的人生，事實上也在這句話裡有了位置，不管你明不明白，你的所有負擔與苦痛是有意義的，因為會有人看見，若有人因此而得到啟發，你所承受的就不會全無意義。

某方面來說，的確，我們面對的任何痛苦，並不單純是我們自己的。在承擔的時候，在忍受的時候，不論你是不是知道，整個世界其實與我們一起背負，並且注視你要用哪一種方式完成自己。

生死學

老人家病了有十年上下，整天躺床上嗯嗯唉唉，幾乎不下床，到哪裡都得坐輪椅。

那天他忽然坐在客廳裡。媳婦下班回來，看見他衣服穿得齊齊整整，也不知是誰給換的。平常有個特別看護，一禮拜來三次，那天不是看護來的日子。他穿上了逢年節才上身的整套西裝，正正坐著，抓著枴杖。神色很平靜。媳婦是快八點才到家的。看到媳婦他說：我在等你。

媳婦問是什麼事？他說沒什麼事，「就是想看看你。」

媳婦問說誰扶你出來的？衣服誰換的？他說都是他自己來。他平常是連起個床都萬分艱難，要折騰半天，真不知道這下是怎麼忽然變得這麼有力氣。媳婦說：「我扶你回房休息吧。」他不肯，說：「我等其他人回來。」

兩個孫子念大學，都住在外頭，除非假日不回家的。兒子則因為工作性質，上下班沒準，有時候會忙到半夜。媳婦勸他還是回房，這天不是假日，孫子不會回家。她哄他先回去睡，說等兒子到家時會去房間裡看他。

老先生不肯，很篤定的說：「我等他們回來。」

要等他們回來幹什麼呢？他說：「我要看看大家。」

媳婦只好撥電話，催老公趕緊回來。電話還沒接通呢，門口有聲音，老公回家了。他難得這樣早回來，說是忽然覺得很累，想早些回來休息睡覺。

看到父親坐在客廳裡，也不免跟妻子一樣，問了相同的話，老先生也給了相同的回答。之後，要他回房去休息，父親拒絕，說要等孫子回家。跟他說兩個孩子在學校，不等放假日不會回來的。他很篤定：「他們會回來。我等他們。」

等得沒有想像那樣久。十點多兩個孫子一起回來了，說是在看電影的時候偶然碰到，聊電影聊得意猶未盡，索性決定回家來聊。兩兄弟念的學校不同，除了在家裡，平常也見不到面的。

就在這樣一個夜晚，忽然，非常奇妙的，全家人都聚在一塊了。老先生笑咪咪，把每個人都看了一眼，之後說：「我累了，我要睡覺了。」

兒子孫子扶他回房。替他換了衣服，讓他躺上床，給他蓋上被。

第二天，孫子要回學校，去房裡跟祖父道再見的時候，發現他已經死了。

這是真實故事。

這讓我想起另一個，比較不這樣溫暖明亮，卻同樣非常奇異的故事。

也是真實故事。三十年前聽到的。說故事的人當年是初識。人對陌生人容易說一些原本不準備暴露的私祕，以為陌生人來來去去，永遠不會進入自己的生命裡。他是鄉下孩子。家裡住四合院，就是四面房屋圍著一大片空地的那種。空地很大，平常晒衣服，有時候晒番薯簽，鹹菜，蘿蔔乾。所有親戚都住在這裡，像是某種集體宿舍，只是住戶有血緣關係。

在整個大院最深最遠的角落裡，住著他的祖母。祖母因為車禍癱瘓，已經躺了好幾年。那間房有扇小小的窗，用木條支著，裡面總是黑忽忽的，無聲無息。很難讓人聯想裡頭有住了人。

他那時十五、六歲。國中最後一年，好勇鬥狠，時常給家裡找麻煩。父親總是在那塊空地上打他，把他綁在走廊柱子上。一邊打一邊罵。親戚們會出來勸，或者幫父母親罵他。

他後來就逃家。或者說：假裝逃家。他設法不讓家人看到自己，但是又沒地方去，那裡是鄉下，所有人都熟識，而他又沒有能力逃到更遠的地方。

他藏在祖母的房間裡。

祖母房間不大有人要去。病人長年躺在床上，理論上由親戚中的女性照顧，但是所謂的照顧也不過是按時餵食，每隔一陣子來替病人清理身子。房間裡味道不好，病人的體味和食物氣味，以及排泄物的氣味混雜，年深日久的沉澱在房間裡。那是具體的生命腐朽的氣味，一層層沉積堆疊，凝結，幾乎成為可以碰觸的，異常堅固的什麼。

他白天到處浪蕩，晚上就躲到祖母房間裡睡覺。最初當然不習慣，受不了那味道，但是人是適應力很強的，他後來就幾乎不覺得了。

他從來沒有正眼看過祖母。可能小時候祖母曾經抱過他，或者給他糖果或糕餅吃，他實在不記得。他開始意識到周圍世界的時候，祖母就已經成為黑暗小房間裡的某物，沒有聲音沒有形貌，只有氣味。

他在祖母床邊的地上睡覺。那是安全的地方，就算有人進屋子來，不一定能看得到他。

那件事，他到現在不能確認究竟是事實還是夢。

他在睡覺，睡著了。但是感覺有人在摸他的臉。他睜開眼，看見是祖母。

他事實上不大記得祖母長什麼樣子，那個「這是祖母」的想法，不是來自思考，他只是在那個當下，突地就有一種認知，知道那是祖母。

祖母在他身邊，低著頭看他。那張臉，他看著的時候便想起了某些事。記起了小時候確實是跟祖母相處過的。祖母問他：乖孫，你要不要去？

那語意好像是要帶他去某個有趣好玩的地方，但是他覺得很睏，而且根底上不信一個老太婆能去什麼有趣的地方，所以他拒絕了，之後便又睡著了。

他是被吵醒的。屋子裡擠滿了人，所有人都在說話。他被拖出去，長輩們圍著，七嘴八舌質問他：「你把祖母弄到哪裡去了！」

祖母失蹤了。她癱瘓了那樣多年，連根小指頭都動不了，但是現在整個人不見了，絕不可能是她自己離開的。

他想起晚上祖母摸自己的臉，還有問自己的話。但是決定不說出來。他覺得要是說出來，大約別人只會認為他說謊，反倒更加坐實了自己的罪名。

祖母失蹤了兩天。沒有人知道她在哪裡。後來有認識的鄰居來報，說有人在山裡看到祖母。

祖母坐在一棵樹下，人已經過世了。她穿了她最好的衣服，靠著樹幹坐著。略仰頭，微閉著眼，就像正在感受淋到臉上的陽光。之後，或許是因為那種溫暖和放鬆舒適，便不知不覺的睡著了。

他並沒有看見這些，是見到的人說的。長輩們去山上把祖母抬回家來。

但是他腦海裡對於這個事件留下了自己的畫面。那時候是春末夏初，可以想見那棵樹上頭正茁放著新生的葉芽，是發亮的，清鮮到刺眼的綠。祖母穿著美麗的繡花衣裳，背靠在樹幹上。衣服上許多小碎花，就如落花一般不規則的灑布著。山上的天非常藍，雲很近，他想像祖母坐著，抬頭看著天光，看著太陽，好像一場單人野餐。而在某個剎那，便跟著雲一起，飄離開了。

這不是靈異故事，是事實。之後他便相信，無論我們活得多麼不堪，在最後那一刻，可能會變的無比強大，因此可以自己安排美麗的死亡。

前世今生

基本上我很願意相信所有靈媒說的話。他們言之鑿鑿的那個世界，不管真假，實在是讓人神往。

所有靈媒，不論中外，都確認世界上的確有除了現世之外的另一個世界。而且那個世界還滿熱鬧的，所有在離世時讓我們痛惜不捨的對象都在那裡。當然那些死的時候會讓我們放鞭炮慶祝的對象也在，不過，聽說那個世界賞罰分明，因此麥可．傑克遜便可以在天上的 Neverland 裡招待小天使，（絕不會有任何一位控告他性侵害），而希特勒則必須每天進毒氣室，直到死過八百萬次，（正好是他殘殺過的猶太人數字）；更好的是，如果到了那個世界之後，還有什麼未了之事，一樣可以跟塵世的親人互通有無。雖然手續麻煩一點，而且也不一定能「百發百中」，但是有這個可能性，就多少讓人覺得死亡或許不是那麼糟的事，不論對別人，或是對自己。

而那個「另外」世界，因為只有靈媒可以出入，因此成為他們的專利行業。要入這一行，門檻十分神祕，完全不在世間法則內，寒窗十年苦讀沒用，家財萬貫沒用，美若天仙，或者神勇蓋世也沒有用。已知的靈媒，「產生」方式兩種，一種就是如蘇菲亞．布朗，祖傳的，另一種則難度非常高，高到比看見外星人還難，那就是，必須有「瀕死經驗」。

「瀕死經驗」，因為布萊恩．魏斯的書賣得那麼好，我假定你們大家都知道……啊，有人不知道，那麼趕快去買跟「前世」或「今生」有關的書，如果不小心買到了我的「今生」緣，請拿來，我會替你簽名的。

總之，「瀕死經驗」又叫死後復生。據魏斯醫生書裡統計，這一類人口還不少。不過，我剛才說過：「瀕死經驗」是成為靈媒的途徑之一，不表示瀕死過就一定會有通靈能力。但是這些有過所謂「瀕死經驗」的人，在生還之後，述說了他們看到的那個「另一個世界」。目前關於這方面的研究很多，有書面材料，還有影像材料，而且所有人的述說都大同小異，似乎是可信的。但真正如何，到底是「共同腦病變」，還是確有其事，到現在還沒有確然的定論。

上世紀是人類由信仰上帝，到懷疑上帝，之後自己製造上帝的時代，不信神成為突出自己的方式，登陸月球的阿姆斯壯曾經說，他在天上時大聲喊過：「上帝上帝，你在家嗎？」並沒有回答。因此他說：「上帝不存在。」

這雖然不能證明上帝存在，其實也同樣無法證明祂不存在。二十一世紀是個相信「心靈萬能」的世紀。《祕密》書裡強調「吸引力法則」，相信我們的心念可以把想要的東西吸引到身邊來。這種理論，要放在一百年前，絕對是妖言，但是許多人現在言之鑿鑿，用文字和影像證明這個法則在他們身上起了作用。

科學家一向被認為是絕對理性的人物，但是物理學家約翰．貝爾（John Bell）在被問及相不相信心靈能夠對物理現象發生作用時，他的回答是：「我既非相信，也非不信。」這不是模擬兩可的回答，只是保持開放的態度，繼續懷疑，也繼續尋求答案。

這個世界的神祕和可能性，超乎我們的想像之外。現代許多事都不再黑白是非分明，這可能是要我們學習用更寬廣的態度來看世界，而不要隨便下定論。

所以，如果問我信不信靈媒和「另外的世界」，我的回答跟約翰貝爾一樣：「既非相信，也非不信。」

雖然，我曾經嘗試過一次「回溯前世」的催眠。純粹是因為好奇。我使用的是CD。一開始，催眠師先要我放鬆，一步一步循序放鬆全部肌肉。之後便說：「現在，你在一個黑暗溫暖的洞裡……」聽到這句話時，我看到一個小女生，黑髮，西瓜皮頭。自己抱著膝縮在一個黑色小山洞裡。我不大能確認那是不是就是我，因為跟後面的「情節」不太能搭在一起。

催眠師又說：「在你面前有個光點，我數到十，你慢慢一步步向光點走去，那個光會越變越大……」

的確有所謂的「光」，在我面前逐漸擴大。之後，我便進入了催眠帶裡說的「前世」，但是我看不出我是什麼東西，只知道自己在海水裡，應該是深海，海水是青灰色，昏昏的，很黯淡。我可能是一條魚，在海底游來游去，看到海底有沉沒的城市遺跡，像探索頻道影片，巨大的平地，階梯之類。我在這一處來來去去，並看不見自己，所以實在不知道我究竟是什麼，是魚還是其他，然而我也沒看到其他的生物，就只有我自己。我那時候很疑惑：如果我前世是魚，為什麼還特別喜歡吃魚呢？唯一理由是我吃慣了魚。我可能是一條大魚，應該不是鯨魚，因為還可以在「城」裡穿來穿去。

後來催眠帶指令：「下面鈴聲一響，你要立刻去到你這一世發生最大衝擊事件的現場。」

鈴聲響了以後，我看到海底翻覆起來，全部的海水和沙，泥，全部攪動成了大漩渦，是海嘯。我匆匆逃離現場。之後又聽到指令，問我有沒有看到現世裡認識的人，問我：「這個大衝擊過後，你現在在哪裡？」

我不知道我在哪裡，只看到無數的有點像文字的線條，非常清晰的在我面前閃過，時隱時現。隨後我看出那不是文字，那是地表上的土地和建築的界線，那些偶爾遮蔽住這些「線條」的，朦朧的東西是雲。我正在天上飛，在非常高處。

我猜我是一隻鳥。為什麼會由魚變鳥？不知道。我就單獨的在天上飛，下界的地表在我面前掠過。我好像飛很快，因為那些畫面變換得也很快。

然後指令又說：現在你要以平靜的心來面對你上一世的死亡，看看你是如何死的。

我沒死。我本來想會不會被其他的鳥吃掉或者被獵人射死。都沒有。我在天上飛，找我的「死亡」。這時看到一個天使，全身白，大翅膀垂在身體兩旁。「他」很瘦長。我認知他是男性，不過說實話，又覺得他可能也不是男性，但也不是女性。

這天使好像認識我，他一直在我旁邊，我們一起飛了一陣子，沒說話，之後停在一個地方，那裡全白色，材質似乎是大理石，有大理石那種尊貴感，但是似乎柔軟並且有溫度。整座城都如此。城裡的建築是狹長的，屋頂都非常非常高，有點像山，但是是線條被垂直拉長的山。沒有看見類似窗戶或門的東西，只是一座一座建築物，雲在中間飄著。色調的白也不是發亮的乾淨的白，有點牛奶似的，帶點少許的灰，溫潤的白。在我和天使掠過城市時，我看到下方的地表。所以這座城是在天上的。這時我很理所當然的明白了我是天使，至少也是跟天使有關的什麼，例如祂頭上的頭蝨，或翅膀裡的跳蚤。雖然我很疑惑：前面在海底的那個我又是什麼東西呢？

指令這時說：我可以請教一下我身邊的高靈，我的死亡，對於我現在的這一世有什麼影響？

因為我沒有死亡。我不知道要如何問「高靈」，所以就想改問，可不可以讓我見一下麥可．傑克遜，我猜他八成在這裡的，之後……

之後我就醒了，因為有電話來。

這就是我為什麼討厭電話的原因。

關於快樂

因為有網路，所以閉門家中坐，也還是忙得很。

起了床就打開電腦，已經成了固定程式。我倒不是看新聞，而是先跑去各部落格巡察一番。「我的最愛」裡光是有的沒的部落格就收集了四十幾個。總有幾家當天正好更新。或者沒更新的人也忽然多了一些過路人留言。於是就一邊喝咖啡一邊吃早餐一邊用滑鼠點閱別人的人生。

我小的時候，如果要張家長李家短，是得拿個盆碗或拿個醬油瓶（總得有借口來帶話頭，要借米借油之類）去隔壁家串門子的。那時萬萬想不到世界會有這樣一天，人人都忙不及待把自己的隱私原原本本托出，還附照片。甚至影片。

我們過去說人長短可是煞費苦心的，要全村跑一遍，從張媽媽嘴裡套一點，再從李阿姨口中捉摸點蛛絲馬跡，之後在回家給老爺孩子做飯時，邊切菜剁肉邊苦心思索，把那點完全兜不在一塊的材料加油添醋（也同時給鍋子裡加油添醋），之後便得到了完整的關於某人或某事的醜聞。

確不確實並不重要；正是因為非常不確實，大家才有玩味的餘地。而說實話，謠言向來都很有想像空間的，要等十個月過後，隔壁潘家金蓮的孩子沒下地，大家才能確定她沒有背著駐防外地的老公偷人。或者是孩子其實是懷了，不過……這一「不過」，至少五六個選項，立刻又為三姑六婆提供了十天半個月的腦力激盪課程——在打麻將的時候。

有時候會想，以前好像沒聽說什麼人得老年癡呆症，搞不好跟時不時要做腦力激盪有關。因為不管當事人還是非當事人，通常都什麼也不會說的，就算說了，也非常神祕，多半以「我聽某某某說」開頭。而直搗源頭之後，發現那第一個某某某原來就是自己的啟示性時刻，也在所多有……那個充滿了未知，不確定性，空白，迂迴，曖昧，混沌，富於想像力的八卦空間，現在想來，就是我之成為寫作者的原因。小孩子和計程車司機、餐廳或商店店員、機關工友、大樓管理員一樣，很少被當成活的東西。他們是無數生活環境中的背景，無聲無口，過目即忘，等同空氣。而孩子在角落裡默坐，聽到的大人世界的內容，如果不是因為完全理解不了的話，其實很足以讓這孩子永遠不願意長大。

總之，現在只要坐在電腦螢幕前，誰誰誰雜交，誰誰誰劈腿，哪家老父金屋藏嬌，老母交了比女兒年紀還小的男朋友，一律歷歷在目。這些真情連續劇，去觀察開格日期，會發現已經演了兩三年，比黃金時段電視劇還長壽。這些尋常百姓家務事，於是便伴著電腦輻射一起被我吸收進來，真不知道哪一件事對本人的健康刺激性更大些。

這些是不上報的社會新聞。比記者報導更深入更真實。也或許不那麼真實，因為並不客觀，不過對於當事人來說，事實就是那個樣子，或許他的感受其實既主觀又偏執，但那就是他個人的真實。

我其實是對於這種「主觀真實」與「客觀真實」的衝突或差異之部分最感興趣。我想所有的藝術創作，甚至包括繪畫，攝影，都是在處理「主觀真實」和「客觀真實」的差異。或許有時候，理解這個差異性，比去分辨哪一種真實比較正確更重要。因為「事實」往往和「感受」兩回事，而我們多半是生活在感受中，未必是活在事實裡。

最近看沙倫・薩茲伯格（Sharon Salzderg）的《達賴喇嘛的錯誤》（*A Heart as Wide as the World*）一書。裡頭談到一段軼事。關於尼奧修坎仁波切的。

這位仁波切一九五九年逃離西藏，之後在美國成立了閉關和靜修中心。他的學生稱呼他「坎波」。坎波在西藏是高僧，「而且是藏傳佛教各個學派和世系的繼承人之一」。我無法找到仁波切的原名，所以也查不出他是誰。不過顯然是「上師」階層，並且擁有自己的寺院。

中共入侵之後，坎波帶了大約七十名跟隨者逃亡，但是遭到中共軍隊伏擊，只有五人生還。這些人徒步越過喜馬拉雅山，最後到達印度。

坎波在西藏地位尊貴，但是到了印度，卻必須乞討為生。他對美國的學生敘述他當時在炎熱的印度街道上化緣，有時花一整天才化到幾枚硬幣，「勉強可以買一杯茶喝。」學生們聽著，想到自己的上師所承受的污辱傷害與磨難，都忍不住熱淚盈眶。

但是，坎波對這段時期的遭遇，卻下了這樣一個結論：「可是我非常快樂。」

他的「事實」是貧病交加，置身在語言不通的國家裡。西藏緯度高，氣溫寒涼，來到炎熱的印度，無論生理心理都必須重新適應，而他原本是受人尊崇的上師，現在落魄到在街頭化緣行乞。

然而坎波的「感受」是：「我非常快樂。」

這位高僧的快樂是在於他驗證了自己的信仰。他修習佛法多年，相信萬緣皆空，生命不過是一場綿延的夢境。但是這一向是學理上的知識。在什麼事也沒有遭遇到的時候，相信自己強大，相信自己懂得佛法，相信自己已經心無所住，某方面來說是不可靠的。你如何知道面對考驗時，依舊能夠有堅定的信心呢？

所以，當他在印度街道上，在自己人生最為橫逆不幸的時候，他非常快樂，因為他依舊和他在西藏受人敬仰的時期一樣的心情平靜，不受干擾。這時候他知道佛法是對的。人生起起落落，當下不是未來，而與「順境」一樣，困境也只是個幻景，既然光榮會過去，困頓也會過去。

所以「感受」其實要比「事實」重要。事實是別人看到的，感受是自己的。

前陣子媒體報導了「英國女孩中樂透」的消息。凱莉（Callie Rodgers）十六歲的時候，中了相當於臺幣一億元的高額彩金。報導上寫：「但高額的彩金並未讓她更幸福」，短短六年內，凱莉把彩金揮霍一空，生了兩個小孩，自殺三次。「現在沒錢了，只好帶著孩子回去投靠母親，並擔任清潔工一職。」

中了彩金大獎的「事實」，為什麼竟會造成當事人「自殺三次」的感受。說實話真的不容易理解。雖然媒體都拿這則新聞來警世，不過想必許多人還是會希望自己能有這種「並未更幸福」的機運。

我們總以為「幸福」有某種形式。因為有形式，所以可以去「追求」，去「達到」。而其實感受跟「形式」未必一定相關，當然住豪宅開名車銀行存款一大堆，或者中樂透，肯定會擁有某種程度的幸福感，但是要量化的話，實在很難認定這時候的幸福會比沒錢沒車租人家房子住的時候要多。

而感受與事實的最大不同，在於我們對於感受有絕對的選擇權。別人可以改變我們的事實，但是無法改變我們的感受。內在感受是唯一真正為我們所掌握，所擁有的。「感受」其實就是我們為自己打造的「事實」。

不論外境如何，如果能保持真正在「自我感覺良好」的狀態，那大約也就跟坎波一樣的，能夠在任何情況下都「非常快樂」。

關於快樂，想提供達賴喇嘛說的一句話：「快樂是個人內在的平靜，與及與外在世界的和諧。」

走路

現在住的地方是老社區，從住處往外走十來步就是大馬路。馬路是四線道，旁邊蓋了高樓，二十層上下。但是寥寥幾座高樓之間，依舊夾雜著四五層，甚或只有兩三層的房屋；在過去大約是公寓或國民住宅，因為開了馬路，又正好在街邊，便搖身成了店面。

在大馬路上看，亦是十分都會的。有賓館，三溫暖，泰式Spa，異國風味的料理和餐廳，連鎖咖啡館，連鎖髮廊，連鎖餐飲店，連鎖超級市場，速食店，便利商店，洋酒經銷行。

路口那棟大樓，掛了觀光飯店的招牌，而底層是希臘餐廳，隔壁開著港式茶水攤。

再過去一家，是骨董店。面向騎樓的櫥窗裡放著青花瓷器，骨董花瓶，樸拙渾圓的盆和缽，邊沿綴飾海草或龍鳳花紋。亦有玉石，鋪在猩紅色絨布上。猜是新開的，因為店面堂皇明亮。我累次經過都覺得它不像是在賣骨董，倒有點珠寶店的味道，裡面的「古物」那樣新，讓人覺得那或許是假的。

大樓面向馬路的那一面，約兩層樓高的液晶廣告牌成天閃爍著，不停的播廣告，廣告間則插播新聞臺節目。無聲，只是影像和文字循環放送著。有時半夜出去，看到它依舊在播，彩色的字體畫面寂寞又喧囂的閃著亮著，對著夜空，不死心的把地球的訊息對著宇宙發送。這裡的車輛很少，無論白天晚上。這是對照臺北市的一般概況而言。從來沒有車水馬龍的景象。

看似現代的種種，這裡都有。但是從那些標明了一段或二段的主道路之間的巷弄進去，就成了完全不同的景象。巷弄與巷弄間四通八達，俱都是窄狹和陰暗的小路。這些小路完全不襯大馬路上的都會景觀。就像某種遺跡，保存了這個地區還沒有「現代化」之前的記憶。

我時常走小路，每次出門，都要找一條沒走過的路來走。有些非常短小，就只四五戶人家，有的則異常迂迴，小巷轉小巷，兜半天才走出來。但是無論如何千迴百轉，總可以走回大馬路上，也就是說，絕不會迷路。

我是路癡，想來跟我常年坐計程車有關。對於我，任何地方都只是路名加上巷或弄，以及門牌號碼。不管去哪裡都只有一個程序：上計程車，下計程車。坐公共運輸工具都多少還要研究一下路線，坐計程車不必，只需要上車下車。

因之我總是不認得路，沒有認識路的必要。讓我抵達某處不是我的責任，是司機的，我只要坐在車上看窗外風景。

坐車的人和走路的人，世界是不一樣的。這不是隱喻或哲學感悟，是實情。坐在車上，那些閃過的店招牌，行道樹，人行道休憩椅，安全島，遠處的草坪；夾在店面間的紅或灰色圍牆，騎樓，路上行人，行駛的車輛，對我來說，全都是一樣的，坐車的人（不是開車的人）沒有地域感，每個地方都很像。且都與我無關。與我有關的只是上車和下車的地方。

但是步行不同。腳踏在地面上和踩在車廂底上，是無法相比的。走在路上，地面時時有微微崎嶇，騎樓下的路又與馬路的柏油路面不同。然而最最難測的還是那些小巷弄，不知道為什麼，每次走，即算是同樣的一條路，依舊日日不同。應當是氣候的關係，氣溫高低，氣候的乾和濕，造成地面的硬與軟。許多巷弄狹小，車都開不進來。地面不是柏油，只是踩平踩結實了的泥土。有些路面鋪碎石子，亦與塵土渾然一片。走在這樣的路上，很難不想到曾在不同時空中踩踏過這些路面的不同的腳，不同的人。路面是累積了這無數的踐踏，形成了眼下的平坦。而，仍然繼續在變化中，因為接觸它的腳也不同了，過去可能是赤腳，草鞋或布鞋，現在則是高跟鞋跑鞋布希鞋，偶或有腳踏車摩托車……我總是在巷弄間穿來穿去，認得每一條路不同的感受和氣味。不知道路認不認得我。猜想不認得，它「閱人多矣」，承載過千年踐踏，承載過時光的重量，它不會記得任何一個剎那。

我曾經很愛走路，也很能走。早年車不多，不是經濟能力好到一個程度，連腳踏車都不會有的。現在早晨上班上學時段，許多人在路上走，之後鑽入地下，坐捷運去了。馬路上是摩托車汽車，偶爾幾輛自行車。但是過去，我的小時候，一日之始的時段，馬路上多半是步行的人，學生穿著制服在馬路邊上行走，上班族騎腳踏車，去市場買菜的婦女挽著菜籃行走。我上學時如果看到前後有跟我同樣制服的學生，就很放心，知道沒遲到。

當多數人的交通「工具」是自己的腿的時候，整個世界很乾淨，也很安靜，就除了腳踏車偶爾要叮鈴叮鈴。但是那清越的鈴聲，與其說是噪音，更像是提醒。據說長行軍時往往有人邊走邊睡，我走路的時候不會睡著，但是會進入某種類睡眠狀態，腳雖然在走，但是心神浮蕩，靈魂不知飄到哪一國去。往往一段路走完，自己異常詫異，不知道是怎麼走過來的。

走路的時候，世界及身，我們聽到看到，嗅到聞到，感覺到。我喜歡各種天氣，下雨天或大太陽天，空氣的味道都不一樣。白天或晚上也不一樣。行人也不一樣。過去我很害怕沒有燈的街道，若迫不得已要走，不管多短的路，總覺得毛毛的。要快步趕到有燈光的所在。前幾天，我半夜去便利商店買東西。穿過小巷弄，因為短，這裡不設路燈，整個暗的，但是我經常走，習慣了。只有月色。昏昏裡，看到對面有個男人過來，並看不清形體，但是看到眼睛亮亮的，非常明顯的，爍爍的眼睛。就像電影裡，在黑暗中的野獸。這樣沉寂，黑暗的小巷，當下有種那是異物的感受。我們面對面逐漸接近，但是在三四步遠處，他忽然轉向街道旁的住家，用鑰匙開了門，進去了。

只是人而已。

我回想看到這個人時，雖然有異樣感，可是沒什麼特別的不安。所以，我其實不害怕黑暗了，也不害怕黑暗裡出現的東西。這或許表示我對這個世界的信任度加大了吧。

道路以目

回娘家的路上會經過一家店，叫做「一碗小羊肉」。看店名應該是賣羊肉的。不曉得為什麼叫「一碗」。只准人叫一碗嗎？叫兩碗就不行？那如果外帶呢？如果覺得很好吃想再叫呢？

我從來沒去這一家店吃東西，因為總是在車上。從車窗外看著他的店招牌，一晃便過了，甚至看不清店裡是什麼模樣，不過回家時候總是會看到「一碗小羊肉」，好像某種地標。有次跟人約地方吃飯，告訴他如何搭車，就說：過了「一碗小羊肉」就可以準備下車了。朋友覺得這敘述非常超現實，似乎在那條漫長的路上有一碗小小的羊肉（或湯或羹），正停在路中央。有車經過，它就提示一般發出五彩閃光，閃亮著旋轉著，星星點點向四方噴射，把信號送到了外太空去。

據說卡森・麥克勒斯（Carson McCullers）的《小酒館的悲歌》（*The Balled of the Sad Café*）是這樣寫成的。她在旅途某處經過一家小酒館，門開門關之際，她瞥了一眼。回家之後就寫出了這本傳世小說。有時候，我們對一些事不需要了解太多的，只要一開一關，只要一瞥留下的畫面。如果知道太多，那件事的意義會退散吧。我有次在某Pub裡看到一名美極了的女人，老闆幫我們介紹她和她丈夫。我稱讚他妻子漂亮，這男人說：「漂亮有什麼用！」他說了好幾遍。他的妻子，保持得非常好，依舊美麗，依舊嫻靜，一語不發，無動於衷的微笑著。她的丈夫是對於她的美麗知道太多的人。我們則是那一瞥者。

我不大喜歡坐捷運，因為沒有窗外可看。雖然窗子存在，但是除了列車到站時，隔著窗外看月臺上的等車人，或被那些人看，基本上覺得捷運的窗戶功用不大。連通風的功能都沒，完全封死。坐公車就可以向外張望。或者坐計程車。

我時常坐計程車，因為貌不驚人，從來不擔心會碰到計程車之狼。有時半夜出門也照樣路邊招車，從來沒遇到壞人。也可能是自己那種「絕對不會遇到壞人」的信心造就了我周圍的實相。總之，坐過無數的計程車，遇到無數的計程車司機，社會新聞會報導的事並未在我身上發生。

坐計程車的好處是可以指揮司機。我總是叫司機開慢車道，為了可以看路旁的風景。有次在路邊看到豎了一個招牌，上頭的字絕對不是電腦刻字，完全是店主人自己用噴漆噴上去的，字體歪歪扭扭，像小學生剛認字時的筆畫，上寫「美嬌洗車店」。白底紅字。

車子一掠就過去了，並沒看到「美嬌」，那地方僅是路旁一小塊空地，猜想美嬌洗車的行頭大約不過是水桶毛巾加塑膠手套。但是卻很驕傲的豎了招牌，告訴大家這裡是「洗車店」。她而且堂而皇之的把名字寫在上面，那不僅是一個店名，還在宣告著她自己努力在打拚，或者這個由她獨力撐持的工作，會是未來大目標的一個源起。我那一整天都很感動，覺得看到了一個認真生活的人。

時常在計程車上聽到故事。偶爾極為離奇。有一天半夜坐車，上了車，屁股才坐定，司機立刻跟我報告：「我剛剛從警局開過來。」

聽了還以為是司機前一趟車程被搶還是怎麼，去報警來著。不是，司機先生說他是載乘客去報警，因為乘客被人強暴了。

是個年輕女人。大約因為事情剛發生，一切感覺都在，司機急著述說，我猜我是第一個聽到這故事的人。

他送一個客人到新店山區，那地方很荒僻，原本以為要空車回來了，沒想到有人在路旁招手。司機先生有些年紀，述說這一段的時候，大大不以為然。據他說，他把車停下來，乘客就拉開門進入後車廂。他從後視鏡裡一瞄，大吃一驚，這位女客竟然是一絲不掛的。

下半身有沒有穿他實在沒注意，不過整個上半身光溜溜的。女客上了車，直接靠到他的椅子後背上，問司機要菸抽。司機先生略瞄幾眼，能夠看到的範圍全都是白滑滑一片。司機不抽菸，女客這時候就說：「那你借我錢買菸。」竟連買菸錢都沒有。司機連忙急煞車，問說：你沒帶錢？女客回答：本來有的，在山上弄丟了。

她在八大行業工作，這天被客人帶出場。沒想到被帶到山裡，不但被強暴，而且連衣服錢包都被搶走。一共三個人，事情完了就把她一個人丟在林子裡，她摸黑走了也不知道多遠才走下山來。

司機勸她要報警，女客居然還懶得去，說反正也沒怎樣。跟她說要到醫院裡去驗一下，至少也該打個事後避孕針，女客一律不感興趣，只說太麻煩了。

他載她到了家便利商店，把自己的夾克給她穿，下車替她買菸。後來在車上，勸了她半天，要她一定去報警，至少報了警，錢包可以找回來。這才說服了她，於是司機載她去警局，陪著她跟警察述說經過，之後又送她去醫院打針。

司機邊說邊搖頭：「不懂，真是不懂，年紀輕輕的，漂漂亮亮的女孩兒，怎麼把自己這麼蹧蹋哇。」

雖然身為寫作者，卻是有許多事情因為知道太多因此不能寫。我的文藝少女時代，與我一同立志成為作家的某個好友，有次說：「寫作不難，難的是敢不敢寫。」

年輕的時候以為那個「敢不敢」指的是內容放恣大膽，可能會因為寫了過於勁爆的東西而身敗名裂。後來理解，那個不敢，不在於寫作，在於如何面對寫作之外的世界。

寫作總不免成為某種窺探，且是有心的，明目張膽的窺看。不過一瞥，就明白許多；這件事有閱歷者都做得到，但是只有寫作的人會說出來，以他所理解的方式，有時候銳利到當事者無法接受。人生在世，有時候不免要裝聾作啞，不言不語時，存在的便好像不存在，知道的似乎也不那麼知道，於是大事化小，小事化無，天下太平。但是寫出來是另一回事。寫作這件事很奇怪，有怎樣的想法，就會寫出怎樣的文字。扭曲的心會寫出扭曲的事實，戴著玫瑰色眼鏡，便會寫出玫瑰色的世界。比較讓人驚心的不是被當事人辨認出自己進了我的小說裡，而是，我把某個人寫成了某種模樣，這件事返照我自己。

在寫作時，我的惡意或善意，我的偏見，私心，都無從迴避。也還有我的愚昧，我的驕傲，輕浮，優點或缺點。因為用這種心態看自己的寫作，有時候看別人的作品往往愕然，會猜想那個人可能不知道他正在用某種方式表述自己，因此才這樣「敢」寫。這樣說來，唯有在寫作上，坦率有時候不是勇敢，可能是愚昧。

・禁忌

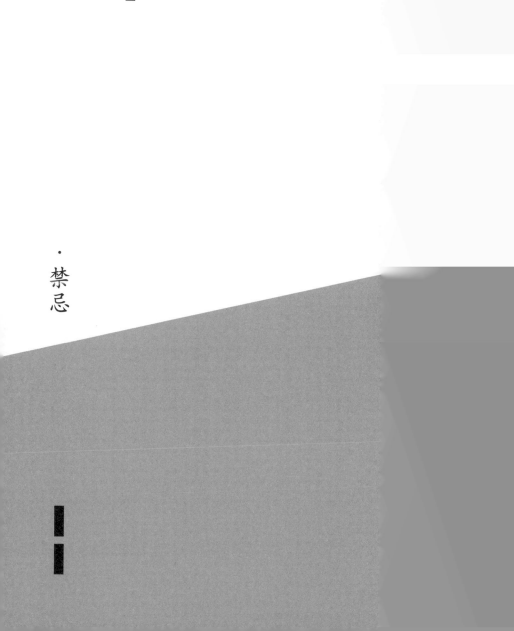

她

我念高三她念高一，不知道為什麼總是跑來找我。

高三和高一的教室隔很遠。一東一西。下了課她就從那頭越過操場跑過來，跑得臉紅紅的。站在教室外頭敲我的窗。我那時坐靠窗位置。她老是帶一些奇怪東西過來，玫瑰花的刺，向日葵的種子，心形小紅豆，操場地上發現的朱紅或深藍色的石頭。並不是拿來送我，她只是讓我看。告訴我是怎麼找到的。例如玫瑰花的刺，她有一次拔給我看，直接在花莖上一撥，那三角形，尖頭微微上翹的刺就完整的給剝下來。而原本長著刺的部位變得光滑，只留下一個淺色疤痕。

我們在教室外頭講話。不是什麼要緊話，但是那個年紀，總覺得說的事情是很有意義的。大致就是談正在看的書，談喜歡和討厭的老師，談家裡的事，發表自己的看法，感覺大人都是俗氣和愚蠢的東西。

她母親給她取了個古代美女的名字，叫貴妃。她非常痛恨這名字，家裡其他人的名字都很正常，或說平常，只有她叫做貴妃。她是母親的第一個孩子，下面還有四個，兩個弟弟兩個妹妹。母親給她取名貴妃，是希望她能夠嫁給有錢人，可以不用吃她母親吃過的苦。

貴妃長相並不像名字那樣俗氣。反倒非常清雅。大眼睛高鼻梁小嘴巴，乍看像外國人。她腰高腿長，制服總是燙得筆挺，白襪子雪白，黑皮鞋擦得油亮。看上去很貴氣，似是好人家出身。她皮膚白，白到幾乎透明，略微活動就紅潮上臉。她說是因為她有心臟病，先天的，從五歲起就總是有醫生預言她活不到某個歲數，如果竟然活到了，就又預測下一個歲數，她現在十七歲，據說是活不過二十的。

她之時常來找我，或許是因為看到我在校刊上寫的悼念我父親的文字。她沒有父親，從來沒有見過。雖然我們沒有父親的原因不大一樣，不過她多少覺得我們是同類人，或許有些想法相像。

她母親年輕的時候認識了男人，懷了孕，但是男人隨即消失了。娘家是當地望族，出了這樣丟人的事，長輩把她母親趕出家門。那時她母親正念高中最後一年，因為懷孕了，書沒法念下去，終生沒回到學校。身分證上登記「高中肄業」，不過有沒有這個學歷其實無關緊要，她後來從事的工作不識字也可以做的。

她在旅社做女中。已經做了許多年，被家裡趕出來之後，她選擇了這個工作，因為旅社裡供吃供住。她工作賣力，很勤快，懷著孩子依舊跪著抹檜木地板。但是等她肚子大到藏不住的時候，旅社把她辭了。那時她才十八歲。

這個十八歲的女孩，沒錢（旅社不給薪水，只供吃住），沒地方去。那時候有個老兵收留了她。

這第二個男人，讓她住在自己屋裡，因為得有名分讓她可以在軍醫院生產，兩個人草草辦了結婚手續。他送她去醫院，照顧她分娩，做月子，孩子生下來之後，幫她養孩子。

但是女人不喜歡他，雖然有名分，從來不讓他碰。男人依著她，如是十年。十年過後她還是不喜歡他，但是想明白了一些事情，於是幫他生了四個孩子。所以貴妃的弟弟妹妹比貴妃年紀都要小上十歲。她叫她弟弟妹妹的父親「伯伯」。

貴妃滿周歲之後，她母親又回去旅社做女中。不真是因為缺錢，日子雖不寬裕，總還過得下去。母親又回旅社去，是為了羞辱自己的娘家。她使用她在家裡的日語小名，偶爾會遇到認識她父親和她兄弟的人，她在旅社做女中的事也就因此傳回了娘家。

「女中」在我們那個年代是卑賤的職業，工作性質與下女相同，但是在旅社工作，就一定兼做色情媒介。她母親不碰那一塊，否則家裡的經濟情況會好一點。她純是賣苦力，收拾房間，洗東西，在客人喊的時候去遞送茶水。但是外人看，總覺得她和一般女中是一樣的。她做了很久，家族的親戚朋友都知道。他哥哥託人送錢給她，要她搬到外縣市去；答應照顧她的生活，請她離開這個行業，她都拒絕，她寧願吃苦，同時在想到這件事會讓她家人多麼芒刺在背時，感覺自己的苦痛減輕許多。

她很早就給貴妃決定了未來。十七歲的貴妃有個三十歲的男友，日本人，很有錢，在等她畢業。他在旅社裡見到十歲的貴妃，之後每年來臺灣看她，等她長大。她如果到了二十歲還沒死，就會嫁給他。這個男人每次來看她，會坐在桌旁陪她玩，跟她說話。他說日語，她聽不懂，也不喜歡自己得陪著一個年紀很大的人。但是她現在在學日語了，她知道自己會隨著那個男人到日本去。

所以貴妃的高中生活，也就是她最後的少女生活。一邊經歷著一邊明白畢業之後人生將不屬於自己，像品嚐一顆糖，或一片餅乾，一次只吃一點點，慢慢咀嚼，把每一滴滋味都品味淨盡，把微小的事放大，把平淡過成特殊，因為永遠不會再有這樣的歲月。

她邀我去她家。非常非常窄小，出乎我想像之外。我家都算得小了，但是她的家，整塊地方只有我家客廳那樣大，窄窄一長條木桌，幾乎抵著整面牆，她的弟弟妹妹排排坐著在寫功課。這偪窄之地有個小閣樓，是全家睡覺的地方，閣樓底部距地面大約一公尺半左右，經過時要彎腰。那閣樓看來純是為了增加空間搭出來的。房間裡幾乎沒有家具，「廚房」在外頭巷弄裡，要煮飯時母親把鍋子拿出去，煮好食物再拿進來。而這樣狹窄的，簡陋的房子，我印象非常深刻，刷洗得一塵不染，非常清潔，連水泥地面都光滑如同打了蠟。孩子們也乾乾淨淨，頭臉整潔，衣服雖舊，竟也都是燙過的。他們喊我袁姊姊，非常乖非常有禮貌。

她母親看上去乾枯衰老，讓我聯想起古樹的盤根錯節，細瘦的，帶骨節的手和腳，臉上皺紋密布，然眼睛異常清亮。那是不屈服的眼神，無論在任何狀況下都要認真生活的眼神。看到她，以及她打理的這個家，可以明白貴妃為什麼永遠制服筆挺，鞋襪乾淨。

她母親坐下來同我講話。她說話的語氣態度和遣詞用句，絕不是她工作階層的人們能具有的。她身上彌散著多年清洗工作累積的腐餿味，可是她腰桿打直，沉穩尊嚴像似貴婦人。或許貴妃誇張了我的程度，她母親跟我說話，不像我是個孩子。她告訴我貴妃沒有朋友，這孩子孤傲，她用「孤傲」兩字形容女兒；從小不大說話，總是獨來獨往，我是她有生以來唯一算得上朋友的人。

我年紀太輕，聽不懂她說這些是表示什麼？只是寒暄嗎？或者有某種感激或稱讚的意味？總之她弄得我很不安，因為她這樣鄭重。

這個母親我只見過一面，但是始終無法忘記。於我，她像個謎，那種執意要在塵土裡開花的狀態讓我不解，如果要過好日子，她不是不能，但是她選擇待在這行業裡，卻也不像是心甘情願或滿意，因為她的孩子，每一個孩子，她依舊希望他們能夠有更好的生活，她在貧民窟的環境裡，用貴族的方式教養孩子。

她使我對人性產生好奇，因為這女人不在我理解的邏輯內，不在所有慣例的模子裡。

禁忌

我同事告訴我，她和一個神父在談戀愛。

我工作的那個教會學校裡，許多神父和修女。她沒說是哪一個，只說兩個人第一次接吻的時候，神父整個人顫抖，手和唇都冰冷。我的同事是陽光型女孩，去勾搭一個神父，究竟是什麼心態，我無法評論。那時候我還年輕，對於陽光下的陰影能夠黑暗到何種程度並無體認。她興高采烈的跟我說這一段，那個男人如何像要暈倒一般，臉色蒼白，流著冷汗，她不得不緊緊貼著他，用自己豐滿的身體去溫暖，以及勾引他。不，她並不想發生更嚴重的事，對她來說，或對一個守貞十多年的男人來說，一個吻已經夠了，無論是罪惡，或刺激的程度。

她笑嘻嘻的說：「很好玩。」

我們那時都年輕，剛滿二十，都在教務處工作。教務主任上課去的時候，辦公室裡就剩我們三個女孩。我們的桌子靠窗並列，有點像大型的教室桌椅。而教務主任的辦公桌在正前方，教室裡講桌的位置。教務主任是女性，年紀很大，非常嚴肅。她在的時候，辦公室有點像修女院，非常安靜肅穆。而她不在的時候，我們就拿出零食來吃，閒聊天。當學生來詢問事情，便老腔老調，用嫌惡和不耐煩的口氣說：「沒看到主任不在嗎？」

我們被稱為「密斯」某某，似乎是教會學校的傳統。部分學生住校，宿舍就在辦公大樓旁。下班回去的時候，住校生剛吃過晚餐，在盥洗間前的洗手檯前洗衣服，一邊吵鬧。我們不過也只比他們大一兩歲，她們會大聲跟我們喊叫，道再見，或者說一些奇怪的事情：宿舍裡鬧鬼，有人偷東西，廁所裡躲著男人之類。有個學生說她洗衣服時發現口袋裡有壁虎。叫她趕快把壁虎抓出來，她若無其事的說不行：「我不知道牠在裡面，已經被我搓爛了。」

中飯我們跟學校食堂包伙。吃飯的時候，學生們拿著餐盤去菜檯上打菜，之後在食堂裡排排座。教職員則另開兩桌，四菜一湯。食物很差，份量又少，幾乎每一餐都有豆芽和雪裡紅。不過我們別無選擇，學校在郊區，除非自己帶便當，否則只好吃福利社的東西。而福利社跟食堂一家，都讓廚師給包下了。

廚師一家人站在菜檯後面，表情陰沉的給學生打菜。他黧黑瘦小，厚厚的頭髮，異常濃密。他的妻子卻非常龐大，挺著肚子。究竟是肥胖還是懷孕，看不出來。女兒跟他一樣，黝黑瘦小，留著及腰長髮，束在腦後。從不看人，總是垂著臉，永遠只看到她的腦頂門和黑髮下半個模糊的小臉。這孩子可能才十二、三歲，只有國小學歷。據說校長跟廚師說過讓這女兒來學校念書，免學費。廚師不答應，只是沉著臉說：「她不想念。」站在父親身邊的女孩就垂著臉，喃喃的說：「我不想念。」他們不覺得教育是生命之所必須。或許在內心深處，會覺得那些花錢讓女孩子受高等教育的父母非常愚蠢。

我們這教務處的三人組感情很好，一起上下班。三個人都有男友，閒聊天的時候就分享自以為非常豐富的對男人的理解。但是我們沒有任何人有性經驗，那是牽過手就要論嫁娶的年代，發生關係是非常嚴重的事。但是女孩子之間還是會詢問這件事的，我們想知道那是怎麼回事，我們擔心那可能會非常可怕，帶著痛楚和鮮血。

城市裡有些專門演小電影的電影院，多半在郊區。因為學校靠近郊區，每天上班前，下班後，都會經過那些畫著妖嬈女人的電影院看板。看板上的女人半露乳房，大腿從開衩到腰部的長裙裡伸出來。我們知道那些電影院裡有加映，加映些不可告人的東西，但是如何不可告人呢？彼時我們的知識庫裡完全沒有類似的東西，我們連想像都無從想像。

我不想說我們純潔，其實只是無知而已。生理衛生課，老師會跳過男女生殖器的那一章不講。而我們所有的，對於男女之間情事的理解來自言情小說。那裡面男女主角通常接吻之後，翻過頁去，女孩就會說：「我有了。」而男主角便會勇敢的說：「我會負責。」之後他們結婚，幾個月後生下孩子。電影裡也這樣演。男女主角炙熱的雙目相視，讓觀眾知道他們正為彼此的慾望所燃燒，然後畫面移到一列火車轟轟穿過山洞，或者，如果女方不那麼情願，則是傾盆大雨打在嬌嫩的花朵上。過後，下一場戲，女主角便含淚告訴男人：「我有了。」

不，我們真的不知道男人和女人之間會發生什麼，我們只知道火車，以及花朵。所以，後來，有一天，那天正好是周末，上半天班。中午下班的時候就有人提議去看一下加映的影片。如果只有一個人，我們不敢去的，但是現在三個人結伴，似乎可以平均分攤可能的危險，如果有危險的話。

那時剛過正午，天色白亮熾熱，空氣裡烘烘的，帶著灰塵的氣味。電影院小而破舊，門口有大樹，大樹旁的空地上停了好幾排單車，我們把單車停在電影院外，售票口沒人，但是有一群男人在電影院入口的欄杆上坐著，一邊抽菸一邊打量我們。我們一起擠到售票口去買票。正片是一部蕭芳芳的武俠片，黑白的，已經開演，不過我們是來看加映的，我們不在乎。賣票的是女人，面無表情的把票遞出來。她的性別讓我們忽然非常安心，覺得去看小電影可能是極尋常的事。或許每天都會有跟我們一樣好奇的女孩子，從虎視眈眈的男人中間走過，在票口前遞鈔票給她。

戲院裡大螢幕上，俠女手上的劍射出白光來。戲院裡不像想像中的暗，可以看到整個戲院幾乎是空的。我們找了後面的位子坐下。為了萬一遇到什麼，便於逃跑。

俠女在大螢幕上和壞人惡鬥，兩個人的武器都吐出白色光和漩渦般的氣流。俠女飛上半空又落下來，正好踩在對手的肩膀上，於是對手向後仰翻，摔下了俠女，他退到十餘步外，對俠女說：「賤娘們，今日暫且饒你不死，他日相見，必要你喊爹叫娘，要死要活！」就在這時，忽然螢幕一黑，影片沒了。

在那似明似暗的短暫剎那，我們發現戲院裡不知道什麼時候，已經坐滿了人。舉目望去，沒有任何一顆腦袋看上去像是女性。還另有一些人站在安全門的出口邊。黑忽忽的矗立者，幾乎像一群鬼。我們三個人彼此捏緊了手，不知道會發生什麼，也不知道我們會不會逃得過。這時，大螢幕猛地亮起來，炫麗的五彩，華麗到幾乎刺目。藍色，流蕩的鮮藍色，一個綠色的女人在藍色的光影中搖擺。原來是一座湖，這女人在游泳。

非常美的女人。身為女人，不過嚴格說起來，我對女體依然是陌生的。家裡只有半身鏡子，從未在任何可以完整映照的物體前看過自己，也沒有那種好奇。但是，在螢幕上的這女人很美，她全裸，那所謂的綠，其實是身體為湖水所掩映的反射。之後她從水裡站起來，女神一般的身體。湖岸上躺著一個男人，她走到男人身邊，伏下去吻他，然後男人把女人翻過身，女人的臉孔，乳房，整個面向觀眾，而男人在她背後活動著。

就這樣一段。時間非常短。忽然間，螢幕又黑了。不幾秒，穿著勁裝的俠女表情凝肅的出現，她正在飛簷走壁，用輕功追逐壞人。觀眾紛紛離座，我們也離開了，安全門幾乎過不去，幾乎整個戲院的男人都在洗手間前面排隊。我們從人群中擠過，所有人都在看我們，模糊的黑黲黲的人影，只有眼睛發亮，那是我第一次知道人類的眼睛在黑暗中原來也是會發光的。我們從那些發著熱的軀體間經過，有人喃喃的，小聲對我們說著，想必是下流話，不過我聽不懂臺語。空氣溫熱稠濃，我們就像在一鍋正在慢慢沸騰的羹湯中行走。終於，走到了出口。

三個人出了電影院，仍然是下午，最熾亮與炙熱的時段。與電影院裡曖昧的黑暗相比，外頭的世界明亮得驚人。我們騎腳踏車離開，騎了很遠很遠，確信不會有任何一個跟我們一起看小電影的男人能夠追來，如果他們起了這種壞心眼的話。

後來我們找了間冰果室，三個人坐在火車卡座內輕聲討論。我們算是見了世面了，但是依然非常迷惑。那位跟神父戀愛的同事問說：「那個男的為什麼在她背後，不是……大家都長在前面嗎？」沒有人能夠回答，並且也無法確信我們真的看到了男女交合的畫面。不過我們至少是看到了活生生的裸體，雖然只有女性的，因為男的一直被女的擋住，幾乎連臉孔都沒有看清楚。

這是我們三個人共同的禁忌之旅。但是說實話，知識不夠的話，你就是活生生站在禁忌面前，依然不知道自己看到了什麼。

我們在學校餐廳的包伙結束了。因為廚師一家被辭退了。據說是因為廚師把他女兒肚子弄大了。這亂倫的傳言散布開來之後，大家才想起那個小女孩似乎有點肚子，她圍著圍裙站在菜臺後的姿勢，那腹部似乎大得非比尋常。這件事沸沸揚揚傳了好一陣子，在私底下。而傳言在檯面下蔓延的時候，自己生長。有人說廚師的老婆其實不是他的妻子，是他的大女兒。這個可怕的陰暗的黑色男人，先把自己女兒弄大肚子，然後女兒生了女兒，他再在十多年後強暴了女兒的女兒，嚴格說來是他的孫女。沒想到我們學校裡居然會容納了這樣一個邪惡的人物。我們談論了好久，俱都是在旁邊沒有外人的時候，細聲的，祕密的交換著發言者不肯透露來源的消息。那是我們生活中難以想像的罪惡，是我們不明瞭的污穢，簡言之，禁忌。

有一天我們三個人在胡亂聊著，正好教務主任走進來。這個向來嚴肅異常，鮮少跟我們說與工作無關的言語的主任，忽然沉著臉，語氣嚴厲的說：「沒有根據的事不要亂傳。」

多年以後回想，才覺得，我們那個不苟言笑，彷彿對一切都厭煩的主任，可能是唯一真正清楚學校裡發生了什麼事的人。廚師雖然說不上是什麼人物，但是每天在餐廳裡，所有學生排著隊，一律的藍制服，千人一面，淹沒在群體中。相形之下，廚師一家人便被凸顯了。他們全然無知的被觀察，被猜測，被想像，以及被編造。是不是發生了亂倫情節，誰也不知道。不過有兩件事是肯定的：沒有人喜歡他，另外他的食物難吃到天怒人怨的地步。無論廚師一家的真相是怎樣的，傳言已經比事實更邪惡了。我們出於好奇，出於無聊，出於對謠言的既想遠離又想接近的胃口，活生生在身旁製造了魔鬼。

然則，為什麼會流傳這樣醜陋的故事呢？跟禁忌有關。不能在檯面上討論的事，都有一種刺激性，我們因為不能公開討論而被吸引。那些曾經在我的年代裡不能談論的禁忌，在現代，已經完全明朗化。真不知道算是好還是不好，那些禁忌的神祕與刺激性已經蕩然無存，膩味到如同隔夜茶。現代是沒有禁忌的時代。

因為沒事做，幾乎整天閒著，後來發現圖書館長年封閉，就跟主任請求讓我去管理圖書館。在圖書館裡看了許多書。可能因為是教會學校，許多外國機構捐贈的刊物，都是外文。我時常坐在灰塵裡，翻閱那些只看得懂圖片的書。還記得有一本雜誌介紹某個畫家，處理的題材與越戰有關。他直接在畫面上呈現撕裂的，被切割的人體，非常殘忍的題材。而我竟在那間空蕩的，無人的圖書館中仔細的翻看，用有限的英語字彙去理解這個人是誰，這些圖畫在說什麼。他描繪的超過死亡，是死亡的非人與乖訛。人體在失去生命之後那種純粹物理性的，近乎機械的存在。畫面絕對談不上美感，不像德國的死亡醫生處理過的塑化人體，我在媒體上看過有人評論那些肌肉束與骨骼的線條「很美」，但是這些越戰的繪畫只是凶惡，滿溢著痛苦和奇怪的悲傷。

我在這個學校裡待了兩個月，之後因為結婚離職，此後沒有過正式的上下班的工作。家庭主婦做了十年之後，有朋友辦影劇雜誌，我跑去應徵，想說憑人事關係，多少可以做個上班族吧。結果沒有被錄取。事後朋友告訴我（當時我已經在寫稿，有點小名氣），沒錄用的原因是我要求的薪水太低，面試的主管覺得我莫測高深，所以不敢錄用。

這件事我當作我人生的光榮紀錄，證明我比我自以為的，要有價值得多。

拼圖

我們常在一起喝酒，自稱「禮拜六黨」，因為總是在禮拜六見面。那年頭沒有周休二日，禮拜六也要上班或上學，只上半天。

我們總約在下午一點或兩點。多半從上班的地方直接來。有人在大學教書，有人在貿易行做事，有人在雜誌社。也有人只是窩在家裡寫作。不，那個人不是我，我是家庭主婦，在家帶孩子。出門的時候就把小孩交給我母親。

我們多數約在小葛家裡。小葛是那個成天寫作的，她已經出了三十二本書，比她的歲數還多。她是職業作家，非常敬業，每個月交一本書，從來不拖搞。小葛也抽菸也喝酒，和許多人有奇妙的關係。她認識在雜誌社工作的阿平的老闆，也認識瓦瓦的某些有錢又有名的客戶。瓦瓦在自己家開的進口行上班。大美女，非常漂亮而且「曖曖內含光」。她是那種不驚動人的美女，無可置疑的美，五官細緻秀麗，一雙桃花眼，笑起來眼謎謎。總是穿質料和裁剪非常好，但是色澤款式都樸素高雅的衣服，頭髮總是吹整得服服貼貼，指甲修成圓弧形，塗淺粉紅透明指甲油，臉上化淡妝。瓦瓦就像月亮，非常靜默，不炫目不張揚，但是她在的那一角會發光，雲霧相似的，朦朧的光，逐漸擴大，籠罩全場。

我們到的時候，小葛大半剛起床。她的小套房在市中心區。地價高到我們問都不敢問。房間狹長，有一房兩廳，全都很大。小葛在臥房裡寫作，她的 king size 大床上，一半堆著衣服，一半堆著被褥。書桌其實是化妝桌，化妝品排在鏡子前。小葛一邊寫作一邊看鏡子裡的自己，文思枯竭的時候就化化妝，拿出耳環項鍊戒指來玩，或者索性開始換衣服，一件一件，一邊抽菸喝酒。小葛相貌普通，但是有驚人的身段，她非常白，白到要發光那種。豐胸細腰長腿，手和腳都非常美。我直到現在沒見過那樣漂亮的腳，可以入畫的。細瘦潔白，盈若無骨。小葛喜歡抱了膝蓋坐在椅子上，兩足交叉，那雙腳秀氣到極點，又嬌豔到極點，她總是塗鮮紅的趾甲油，十趾殷紅，交叉併放，那雙腳不言語，卻喧囂無比。

我們在她的「廚房」聊天，那裡有餐桌，還有冰箱，廚房是當時非常少見的美式配備，有烤箱，爐臺上四個電磁爐。不過小葛從來不用，拿爐臺當菸灰缸。抽著菸在屋子裡亂晃時，隨手把菸蒂按熄在爐子的線圈槽裡。

她留一把長到腰間的長髮，髮色不純，微黃，說是天生的，還帶鬈。來開門的時候，大半鬆鬆用帶子綰著件絲質睡袍，半開的領口露出華美的胸脯和隱約的乳溝。我從沒見過有人對自己的身體像小葛那樣自在。她開了門就離開，絲睡袍飄飄，貼到身上時，給出豐美的身體線條。她總是剛起床或者正要去睡。瓦瓦會帶酒來，樓下有一家潮州館，小葛打電話叫他們送菜上來，門鈴響的時候她叼著煙過去應門，邊走，雪白的大腿在翻飛的絲袍下半掩半現，開了門就喊小刀去拿菜。小刀在大學教書。頭髮短短，人很嬌小，總是穿襯衫牛仔褲，不大說話。很多年之後我們才知道她是個T，不過當時沒有人朝那個方向想去。

那時候流行一種接龍小說，找一群作家來寫同一個故事。我們的接龍小說在阿平的雜誌上刊登，每個月一次，五個人一起寫。我們聚會主要是討論故事主線，偶爾也彼此出意見。小葛總是在抽菸，用食指和中指夾著菸身，手掌心貼著臉，她總是同時夾著菸又同時托腮幫子，菸頭便在她髮際威嚇性的升起輕煙。不過她從來沒有燒到頭髮。

小葛不塗指甲油，她的手也極美，白白的，細細長長，夾著菸像芭蕾舞姿勢停格。一手夾菸另一手讓人抓著玩。

我們都喜歡玩小葛的手，她的手不可思議的綿軟，鬆鬆的，彷彿絲質的填充物，裡頭沒有骨頭，又柔韌度絕佳，可以隨你如何反扳。我們談故事的時候，小刀就像報仇似的，發狠的對付著小葛的手，把她四根指頭向手背扳，努力使指尖接觸手背。小葛總是很隨和的任人扳弄，像那手不屬於她。她從來沒表露過那些動作會不會讓她痛，她毫不在乎，幾乎沒有感覺似的，讓小刀把她的手整個反折過去，幾乎和手腕要平行了。我們停下討論，敬畏的注視這個奇觀。小葛的手柔軟到似乎成為流體，彷彿可以無極限的反折到底。但是終於到了臨界點，她把手抽回來，無事一般，只在手腕處留下一道殷紅的印跡，像腕間繞著絲線。

我們的小說主要在寫一名女子的性冒險。愛情故事已經太平常了。那時候，性還是比較少人碰觸的一塊。電影裡，如果有火車從隧道裡開過的鏡頭，下一幕裡女主角便會臉紅紅的告訴男方：「我有了。」如果有雨打嬌花的鏡頭，下一幕女主角就會一邊哭一邊自虐式的洗她的手臂，用鐵刷子或其他更殘酷的東西，從手腕刷到上臂，觀眾都非常明白她們身上發生了什麼事。要三十年後，電影和電視上才會出現男女主角光了上身喇舌不已，以及真刀實槍的強暴畫面。

我們那時候的性小說，雖然某種程度是「開時代之先河」，其實也還是非常含蓄。之所以含蓄不是我們不敢寫，而是，實話說，我們自己其實也不大懂。大家都很年輕，唯一結了婚的人只有我，而婚姻裡的性是沒有什麼參考價值的。那個年代，婚前性行為是禁忌，所以，理論上，我們這一幫子寫著性小說的女作家，除了已婚的我，「應該」都是處女。

因為不懂，也或許是「假裝」不懂，總之我們沒法寫出什麼驚世駭俗的性場面，只好把主力放在情節上，我們設計許多奇怪的方式讓女主角不斷的碰到男人，主要參考當時的羅曼史女王卡德蘭的寫法。每個月交一萬字，五個人分寫。兩千字時讓男女主角相遇，四千字時親吻，六千字時外力介入，八千字時兩人不得不分手，並且「訣別式上床」。上床那一段總是小葛寫。大家都發現了小葛寫的內容幾乎每一次都差不多，許多的「心跳加快」，「顫抖」，「哭泣」和「暈眩」，「從未經歷的美妙」……等字句。但是她依然是無可代替的，大家都同意，我們寫不出來那些文字。不管有沒有實際經驗。

五個人一起具名，共享毀譽，因為小葛的描寫，我們便一起成為了前衛女作家。與當時女性寫作普遍的閨閣風相比，我們的確獨樹一幟。

小說連載了半年結束，因為字數不夠，沒有出書。交完最後一期稿，阿平的老闆要請我們吃飯。原以為就請我們幾個，結果包廂內十人大桌，坐得滿滿。

平日相處時不拘小節有時胡言亂語的「禮拜六黨」，這時一個個正襟危座，全都拿出了見大人的樣子。唯一始終如一的只有小葛。小葛坐阿平老闆身邊，這日她把頭髮整個盤上去，挽得高高。穿了件瑩白色緞子旗袍，滾綠邊，前胸綴幾朵紅梅，豔到極點。我坐她旁邊，她旗袍衩直開到腿根，窄窄長條旗袍面鋪在腿上，兩腿交疊搭起來，尤其遮不了什麼。我這裡都能看見開衩處坦露的潔亮的大腿，想必阿平老闆那裡一定也風光無限。

我那時候，照日本人的說法，是剛「出道」，小到不能再小的作家一枚，無論名字或長相都「無人熟識」，大人物是從來沒見過。而阿平的老闆，赫赫有名，曾經也搖筆桿的，似乎還另有個在國會的職務。那年頭，在民進黨還沒有討伐萬年國會之前，許多文化人都跟政府有些關係。老闆人倒是非常隨和，言語幽默。不過在座的，除了我們這些拿他稿費的作家，另就是拿他薪水的職員。因之，老闆雖然有趣，場面卻很無趣。無論老闆說什麼，大家都一律哄笑。我們輪流歌功頌德以及讚美他的雜誌。這老闆不俗。他說了一句臺灣俚語解嘲，意思是：明知道大家說的都是假話，可聽了還是很開心。

小葛沒大吃什麼，我進來的時候，她就挾了根菸在抽，直到終場，菸沒拿下。幾乎沒動筷子，倒是不斷跟老闆敬酒，說些風言風語，邊講邊癡癡發笑，整個人笑得弱柳般搖擺。我那時年輕，不懂那就是調情。後來散席，大家離開，小葛坐位子上不動，仰靠在椅子上，偏著腦袋正把菸湊到紅唇邊。

後來我們都在嘰咕，猜小葛跟老闆到底有什麼關係。

我十九歲結婚，嫁給初戀對象。現在想，完全不知道是為什麼被看上的。因為什麼也不懂，絕對的不解風情。唯一動人處大約就是那點文藝少女的氛圍。但是實話說，並不懂男人，也不懂戀愛。

我那時常到他宿舍裡去看書。他屋子裡一堆書，放在床上，挨著牆一落落往上疊，堆得高高的。屋子裡只有一張床和一套桌椅。我坐在桌前，他就坐床邊，翹起二郎腿跟我談詩，談法國新浪潮電影，都是我不知道的事。我聽得入迷，好像沒做什麼瓊瑤小說裡描寫的事。每次約會就是坐著聽他說話，然後離開的時候，他會抽出幾本書來告訴我一定要看，我便像得了聖旨一般，帶回家去飢渴的閱讀著。

那時候就這樣傾談，聽他講話，無數偉大和美麗的名字和詞句在空中飄來飄去。清談結束他會帶我去吃飯，走出房間，在他居住的城市裡，在他走過的街道上一起行走，甚至不拉手，居然也有了戀愛的感覺。我是不懂調情的，覺得戀愛這件事就是滿心傾慕的聽對方說話而已。

多年以後，我交了些文壇好友。那時候其實都快三十歲了，可是還像女學生一樣，每天彼此寫信，互贈一些印章或者圖畫，或自己抄寫裝訂的小書。見面時便走長長的路，聊一些自覺深刻的言論和私密的話語。

她為一個癡漢所糾纏。當時她已有喜歡的人，但是另有某人不停的約她見面，死活不放手。朋友要我陪她去見這個人，一來插了個外人，對方不至做出什麼離譜之事，另也是種表態，帶了電燈泡來約會，用心自明。

我們三個人走在路上。當時大約是人人都窮，約會都揀不花錢的方式，要不去圖書館看書傳字條，要不就去植物園往蓮花池裡扔小石頭嚇魚。到哪裡都用走路的。

我們三個人走在路上。為了撇清，朋友特地讓我夾在她和那位癡兄的中間。這位老兄完全視我為無物，估計他只覺得我是朋友與他之間的「有體積的空氣」。

因為隔了距離，他聲音頗大，而我朋友聲音不大，因之只要他疑惑的「嗯？」一聲，朋友就會輕撞我肩膀，我就把朋友的回答轉述給他。我這一輩子沒有說過那樣多的，也沒有聽過那樣多的瓊瑤式臺詞。實話說，若不是替朋友轉述，我的資料庫裡其實缺乏這種語言。而我也沒想到那麼個棒大腰粗，完全看上去是個莽漢的男人，竟能說出「你把我的心都給揉碎了」，「我見不著你我不想活了」，「你這個折磨人的小妖精」……這種話。我一邊暗自詫異這種語言居然也是人說的，一邊開始檢討，發現我雖然結了婚生了孩子，坦白說，實在沒談過戀愛。

婚前有過一件事。我在他宿舍裡，正在吃西瓜。他宿舍外頭有個公用客廳，偶爾吃點水果或零食多半坐在這裡。說是客廳，其實兼飯廳，中央有個四方桌子，四面擺木頭長條板凳。那時候許多房子都是兩廳兼用。

我們吃小玉西瓜，他取笑我還吐籽，說他都是囫圇吞，一口全下去。這時門口有人找他，喊他名字，是個女孩，個高高的，那時是白天，她從外頭進來，整個上半身都在陰影裡。我還在吐我的西瓜籽，他忽然說：你先回房間去。

我回他房間，他把門關上。這是很少見的，一直，只要我在，他都把房門開著。我於是坐到床上去，挑了本書，趴下來看，看了許久。最初還聽到屋子外頭大小聲，似乎那女孩在哭，但是不久聲音變遙遠了，我進入了書裡，一直看著。後來房間裡忽然大亮，他說：看書怎麼不開燈？我竟看到天色暗了都沒知覺。

總之，我在房裡待了很久，屋外頭發生了什麼事，我不知道，也不以為自己有必要知道。在那時我沒有聽壁腳的概念。我生活在單純的年代，眷村裡家家戶戶都門戶大開，人人嗓門都很大，任何私事小事都用高分貝給你喊出來。我想我是在那種環境中學會關閉自己，因為太多的雜訊並無意義。開始寫劇本之後才發現「偷聽」可以發展出許多情節。而在生活裡，偷聽，窺探，猜疑，跟蹤或者調查，那得有條件的。後來進入手機的時代，我成為計程車族，見多了世面，長多了心思，發現「凡走過必留下痕跡」，只要會聽會看，很多事自會顯形。

決定要結婚之後，他帶我去見他的朋友，我也給他介紹我的朋友。那時候，他的朋友會提起某個女孩的名字，似有意若無意的瞄我幾眼。然後呵呵笑。我猜想是那個門外的女孩，不過我假裝沒聽到。他之所以娶我，可能因為我看上去似乎乖巧，而其實不是乖巧，只是憨而已。

連載小說寫完之後，「禮拜六黨」就很少全員集合了。我們偶爾還相約，不過總是缺瓦瓦，或是少了阿平。只要有小葛，小刀每次都在的。像隻小貓小狗似的貼在小葛身邊，抓她的手玩，咬她的手指。我們取笑小刀還在口腔期，什麼都要放到口裡。她總是不大說話。小刀聲音很清越，孩子似的童聲。我沒法想像她在學校裡怎麼給學生上課，她總是大睜兩眼看我們談話，一邊啃小葛的手指。她眸子圓而大，深黑，一點光也沒有，小貓小狗似的。

瓦瓦說要到東南亞出差。大家起鬨，要她帶土產回來。瓦瓦笑吟吟道好。一禮拜後她回來，打電話約見面，說要送禮物，我們約在一家茶藝館。見到瓦瓦的時候，都嚇了一跳。不過一周光景，瓦瓦人瘦了一圈。她原本就不胖，骨架雖小，但極勻稱。然而不過一周，竟瘦到鎖骨畢現，連那張臉都凹了下去。

瓦瓦說她瘦了十公斤。就這麼幾天，目前這狀態還在持續，她吃不好也睡不好。還以為她在東南亞染上什麼疫病，或是吃壞肚子。都不是的。瓦瓦說她觸電了。

她在旅館大廳碰到那個人。其實是不認識的，她在櫃臺 check in，旁邊有個也要辦入住手續的人盯著她看。瓦瓦是美女，雖然是不張揚的美女，但是到處被人看也是時常發生的，她已經習慣了。但是這個人的狀態有點過頭，他動也不動，整個視線停在她身上。瓦瓦調過頭去，看到是外國人。金髮，留著稻黃色八字鬍，戴著墨鏡，乍看像瞎子。但是他不是的，跟瓦瓦目光對上之後，他匆促的笑了笑，之後問：「你住幾樓？」

這話很唐突，瓦瓦不想理他，拿了房間鑰匙要走。男人追過來，西裝外套搭在手上，行李也不顧了。跟著瓦瓦進了電梯。電梯裡沒人，就他們兩個，瓦瓦不想按樓層，一按就等於答覆了他剛才的問話。兩個人僵在那，這時候這人按了頂樓，電梯開始往上走。瓦瓦一言不發，只盯著樓層指示燈。而這個人就繼續看著她。電梯到了頂層，停住，打開，又關上。過一會，開始下降。可能是樓下有人要上來。

到這時候，瓦瓦覺得自己該有點表示了，她可不想下樓再上樓。但是又不甘願讓那人知道自己住幾樓。她凶巴巴轉頭問：「你要幹什麼？」

這男人呆了呆，之後說：「我不知道。」

他表情很老實，說的是心裡話。他自己似乎也陷身在某種困擾中，有點茫然，卻又無辜，甚至帶點誠心誠意。瓦瓦說，那時候她就覺得，他大概不是個壞人。過一會，他開始翻他的西裝口袋，左掏右掏，找出一個小皮夾，從裡頭抽了張名片遞給她，說：這是我。瓦瓦隨便瞄了瞄，大概是看出她的不經心，男人湊過來，指著名片，把自己的名字念了一遍。又說：「這是我。」然後他說：「I don't wanna lose you。」

他說得飛快，聲音輕輕的，極不清晰，似乎不準備讓她聽到。但是這句話吐出來的剎那，或許是英語的音韻，或許是這句子本身的含義，瓦瓦忽然就覺得像被電到了，從來沒有這樣的感覺。這一刻過後，她與這男人的關係完全不一樣了。忽然之間，一切的防備瓦解。她按了自己的樓層，電梯門開，她出來，他也出來。幫她拉了行李到她的房間門口。他沒有進去，瓦瓦自己回房，關上了門。

後來他就打電話來，撥她的房號。約她一起吃飯。因為好奇是怎麼回事，瓦瓦赴了約。吃完了飯，到酒廊裡小酌，喝著酒聽音樂。之後他送她回房。

他也是來出差，只能在這裡停留三天。第二天還是一起度過，吃完了飯去酒廊裡小酌聽音樂。最後一天，他跟瓦瓦說：想跟她一起過夜。

瓦瓦很緊張，不想讓他來自己房間，就叫他先回房，說自己會去找他。他給了他的房間號碼，比瓦瓦房間高三層。

瓦瓦在自己房裡，拿不定主意，覺得很恐怖。這幾天的相處，男人完全沒有任何勉強的意思，兩個人之間氣氛和感覺也都很美好。她明明白白知道自己是喜歡對方的，但是這樣匆促的感情讓她害怕。她從來沒遇到過這種事。

瓦瓦腦袋裡在大鬥爭，左腦告訴她要把握機會，一生大約也不會有這樣的浪漫際遇了。右腦卻只是反覆的說：「假的假的。」什麼浪漫呀，美好感覺呀，都是假的。只是因為出來旅行，腦內啡亂分泌而已。

有一部分的她渴望去敲那個男人的房門，但另一部分的她卻覺得這件事很糟糕，自己一定會後悔的。她坐電梯，上了樓又下樓，下了樓又上去，半夜裡，在電梯間夢遊似的，重複的按著樓層按鈕。就像無盡輪迴，她在那男人的樓層與自己的樓層之間上上下下，下下上上，無論如何出不了那個電梯門。

她覺得自己一定是瘋了。

後來她選擇了回房間。房間裡正電話響。她沒接。任它響許久。停了。過了十來分鐘，又開始響。她依然不接，拿枕頭壓住耳朵，讓鈴聲成為遙遠的蜂鳴。

她知道第二天他非離開不可，她只要熬過這一晚就好，等到天亮後，這一切會過去。她懷抱著只要他離開，整件事就可以輕煙般消逝的安慰，睡去。

第二天起床的時候，看到從門縫塞進來的信紙。他只簡單的寫了：「Call me。」下面是三個電話號碼：他在澳洲的家，他的公司，他下一站會入住的飯店。

而煎熬從這時候才開始。瓦瓦整天盯著那張紙，號碼全背熟了，睜著眼閉著眼都看得見，她就是沒法去撥那些號碼。白天努力撐著精神跟客戶談公事，晚上回到旅館，她睡不著也吃不下。不知道自己是不是錯失了什麼，也或許是逃過了什麼。她整天魂不附體，行屍走肉一般，逛街，買東西，到處走來走去，回房之後就盯著電視看一整夜，反正睡不著，卻也根本不知道自己看了或沒有看到什麼。

於是就瘦下來了。

她還沒有決定要不要打電話給他。有時候一整天都在想這件事。用「想」這個字，似乎那是個進行中的，有「進度」的行為，但實際上不是的，實際上是類似泥淖，呈半固化，一個緩慢的，沒有力道的漩渦，慢慢的拖著人滅頂，甚至還帶點愉快的感覺。

就停留在這裡。

這之後，瓦瓦就再也沒有參加我們的小聚會。或許是因為她托出了她生命最隱密的那件事。繼續和我們在一起，會使她無法迴避。

那一年我的小說得獎，忽然就成了名人。之後又有了個去美國的機會。等到從美國回來，「禮拜六黨」風流雲散，人事全非。

阿平辭了工作，回老家結婚去了。她家在高雄，聯繫方式變成通信。她給我們每個人寫信，每封信都邀我們去高雄玩。在臺北的其他人如果碰面，也總是說該去高雄看看阿平，但是一直也沒有任何人去。

小葛還是住在老地方。我回臺灣之後，約大家見面，小葛吃吃笑著說：去她家不方便。也沒說是為什麼不方便，便約了一家新開的咖啡館。瓦瓦沒來，小刀也沒來，只有我和小葛。小葛竟把長髮剪了。沒有了長髮的掩映，那張臉完全變了形。就只是張白馥馥的大圓臉。

我覺得我是第一次看清小葛長什麼樣子，過去她臉上總有些頭髮或披或遮。忽然少掉這些，那張臉空白而且平凡。她而且舉止也不大一樣了，或許是只跟我一個人會面的關係，總之，過去大夥在一塊的親熟感沒有了。她且也不抽菸了，坐在咖啡桌旁，儼然端然，倒有點女老師的況味。

可以感覺她身上發生了一些事情，她不提，我也不好問。只泛泛聊了些我在美國的經歷。小葛說她也想去美國，問為什麼，她咕咕笑了半天，笑聲裡有微妙的淫蕩感，似乎略微回復了些許長髮時代的風情。問她喜歡美國什麼，小葛說：在美國生孩子，可以做美國人的母親。

我以為她在說笑話。

因為沒見著面，我又聯絡小刀和瓦瓦。瓦瓦說她這段時候忙得不可開交，笑嘻嘻的說：「再說吧。」這一「再說」就是三十年過去，我自此不曾在任何公開或私下的場合見過她。倒是在談話節目流行之後，發現她成了兩性心理專家，時常在帶狀節目裡解說男女感情。她也不見老，依舊非常漂亮。留長髮，素雅的披在兩肩上。解析時非常冷靜，含笑，說話緩慢，帶了許多專有名詞。

跟小刀倒是見到了面。與小葛相反，小刀抽起菸來。她向來寡言，過去聚會的時候，跟她幾乎也就沒什麼話講。我們對坐了一個多小時，明顯感覺她和我都很想趕快離開。她不停的抽菸，很急躁的，只要吸了一口就彈菸灰，儘管菸頭上並沒有什麼餘燼。後來我提起跟小葛的見面。小刀看看我，使勁在咖啡碟裡擰她的菸頭，摁熄了又點一支，問我：她怎樣？

我說：剪了頭髮了，沒從前好看。小刀忽然呵呵兩聲，似笑非笑，然後說：你沒注意她變了？我說注意到了。小刀說：女人懷孕了就會變得很怪。

我這才知道小葛懷了孕。問什麼時候結的婚？小刀說她沒結婚，男方有老婆。我以為是阿平的老闆，還記著他跟小葛之間的曖昧情狀。小刀說並不是。說了名字，也是個響噹噹的人物，名字時常在報刊雜誌上出現的。從來沒聽過小葛提他，我完全不知道小葛朋友中有這樣一位。

小刀說兩個人過去並不認識。至少是對方不認識小葛，不過這位人物，幾乎大家都聽聞過的。我還在美國那時，小刀和小葛一起參加了個訪問團，到南部去參訪，為期五天。整團有三十來人，各路人馬都有，住旅館時兩人配一間，小刀和小葛同住，小葛還是老樣子。小刀說：「你知道的。」

她其實不能喝酒，可是喜歡鬧酒。說些似有若無的話去逗人。那位大人物，雖然名聲響亮，意外的非常老實和害羞。當時天氣熱，小葛全程都穿熱褲，一雙白腿又直又長，腳蹬日式夾腳涼鞋。喝酒的時候，她一腿搭在椅子扶手上掛著，腳尖就勾著涼鞋晃阿晃。就因為大人物特別老實，小葛偏愛去逗他，我們都以為去招惹不會叫的狗是安全的。小刀不愛看她那樣子，只要小葛開始鬧酒，她就換到另一桌去。

那天晚上回房時，小刀發現房門打不開，怎麼敲怎麼喊，都沒人應。她就在房門外頭坐了一晚。第二天早上，小刀看見大人物推門出來，小葛在半開的門後披著睡袍送他。小刀進房裡收自己的行李，當天就去找領隊換房間，之後的行程中，她再也沒跟小葛講話。

之後，估計小葛跟大人物的關係一直延續，延續到她懷上了孩子。

我說小葛怎麼這樣傻呢？不能結婚為什麼要生。小刀只呵呵兩聲。

這也是我跟小刀最後一次會面，而小葛幾乎銷聲匿跡。小說完全不寫了，也不跟任何人聯絡。很多年很多年之後，我在臺北遇到阿平。阿平生了兩個小孩，一男一女。在高雄住許久，完全成為了南部人，是民進黨堅定的支援者。我們在某個學術性場合重逢，約了會後敘舊。

聊天的時候，她說起她跟小葛還一直有聯繫，我非常詫異。阿平大笑：「你們都不回信，只有她回信。」小葛跟阿平先是通信，後來通電話。那樣愛熱鬧的人，這幾年深居簡出，什麼活動也不參加，也沒聽說她在做任何事。似乎只剩下阿平一個朋友。阿平如果上臺北，總要跟她碰個面。她還住在老地方。據阿平說，她現在廚藝好得不的了，什麼都會做。家裡頭窗明几淨，成了徹頭徹尾的賢妻良母。

她和大人物住在一起。兩個人的「始亂」，居然還維持了二十多年的不離不棄。她孩子沒生下來，流產。沒當成美國人的媽，連臺灣人的媽也沒當成。兩個人始終沒結婚，因為男方那裡老婆不肯。但是男人跟她住在一起，雖然另外那一邊，有長輩也有孩子。

阿平幾乎是二十多年裡唯一維持「原狀」的人，連相貌都沒大變，一貫的好脾氣，只要聽到有趣的事，立刻朗朗發出大笑，對人依舊保持那種帶點草根性的魯直的熱情。當時美麗島事件發生不久。我是政治冷感者，從未參加任何黨派，有了選舉權之後，也一次也沒投票。看報紙只看副刊和社會新聞，國內外大事是從來不瞄一眼的。

在美國時看到了黨外雜誌，對作者們的激昂言論沒什麼共鳴。許多人成為黨外，似乎「起點」都是在校時被教官「迫害」或被逼加入國民黨。我完全沒經歷過這些。我們學校有三個教官，兩男一女。兩個男的都很老，每次看到，他們都在整理上衣，把食指插進褲腰帶，從前腹往後背一劃，襯衫就會服貼的收進腰裡。教我們軍訓的是女教官，非常美麗，尤其穿著軍訓制服時。她每次上課都在談減肥，教我們吃香蕉和蜂蜜可以解決便祕，如何在睡前高舉雙腿踩腳踏車，小腿就會堅實。他們都完全沒表現出黨外人士碰到的那種對國民黨的積極性和熱情。

過去我或許是沒資格談政治的，但是出國一趟，認識了一些共產黨，一些不擁護國民黨的臺灣人，又看了些香港雜誌。與出國前相比，至少我現在知道臺北市長是誰。於是便不自量力的跟阿平談起美麗島事件了。

阿平沒興趣跟我談，在我陳述報上看到的新聞時，她好脾氣的笑著說：「是啊是啊。」之後，非常突然，她收了笑，面無表情的說：「在臺灣的外省人都應該殺光光。」兩秒之後，便又回復那和樂的，好脾氣的笑臉，繼續說：「是啊是啊。」

我被嚇到。那句奇怪的話就插在她與我親熱的敘舊間，我就是「在臺灣的外省人」，但是她覺得我應該被殺的怨情和她對我本人的友情，融合得非常自然，似乎是相同的情感，也可能是可以同時發生的事。

這之後，看到阿平，我就會想起這句話。

年輕時，我們都曾經與他人一起創造生命的拼圖，彼此互為各自拼圖中的碎片，然而碎片是沒有能力知道拼圖的全貌的。要等很久很久以後，拼圖完成了大部分，才能知道，別人是什麼樣子，以及：我們自己是什麼樣子。

春夢與本性

她說她做了春夢。

我們正在喝咖啡。她忽然就說：「有一天我做了個春夢。」

老友相聚，談的話題幾乎總是那些，不脫各人性情，憤世嫉俗的老在罵人，數十年不改。體力可能衰退了，對於世界的憤懣之情卻從未消退。讓人疑心憤怒是支援她活下去的力量。脾氣好的就一聲不哼，在場也像沒她那個人。來了像沒來，走了像沒走。所有人都熟到了爛透，有時話不須聽明白，甚至不須聽完，一樣知道那個人在說什麼。

但是發出這句驚人之語的，卻是從來安靜自守，對一切都沒什麼意見的毛毛。毛毛愛貓，五十四歲開了個部落格，給自己取的暱稱就是「毛毛」。在自己的「博客」裡貼了一大堆愛貓的照片。偶爾也會抒發一下生活裡的心情：給貓家族添了新家具，某隻貓生病了帶去看病，或者給貓買了新衣服新玩具，或者家裡又添了新貓。多半三言兩語，省字得很，附上一大堆貓照片。她總在談貓，很少談自己老公，雖然其實是有個老公的。

有人喝咖啡，有人喝啤酒。毛毛總是喝花草茶，可以沒完沒了的續杯。透明玻璃壺裡，茶汁從金澄澄的黃退成了透明的白水。毛毛喜歡加糖，每倒一杯出來就加兩包糖。猜她的白水茶大約只剩下膩死人的甜吧。需要那樣多的甜，就像在用具體的物質來補充抽象的什麼。

忘了我們在談什麼。總之，在某個話題中的小小停頓間，毛毛忽然說她做了個春夢。大家注意力立即轉移，忙問她夢見什麼。毛毛說：「一個男人。」

「不是貓嗎？」有人開玩笑。毛毛不生氣，好脾氣的回答：「不是貓啦。」

她說：如果是貓，或許會真發生什麼呢。

她的春夢，情節甚乏味。就是一個男人拉著她要去 motel。兩個人在旅店門口拉扯，她沒法下決心，站在旅店招牌前發呆。一座巨大的霓虹招牌，閃爍紛亂，五彩繽紛。周圍一圈白色燈泡明明滅滅的邊閃邊跑。她瞪著白色燈光跑上去又跑下來，後來就醒了。發現她的寶貝貓正坐在胸口上。

眾人紛紛替她扼腕。好不容易在夢裡有了出軌機會，她居然還不知道把握。都怪那貓，什麼時候不挑，偏偏在她做春夢的當口跑來吵她。不過毛毛自己倒說，跟貓沒什麼關係，大概她是根本不想跟那個人進旅館，所以「派」貓來吵醒自己。我問那男的是什麼人，是不是她不喜歡的？假如換做是某個大帥哥呢？

毛毛倒還真是認真的想了半天，最後回答：恐怕還是不行。「做不出來。」她說。我不覺得她說的是假話。活一輩子，某些狀態某些心態，已經近乎制約了。雖說夢是潛意識，不過潛意識看來也被我們訓練得差不多，不會去做的事，就連夢裡也不會去做。在夢裡的我們，或許比現實世界裡更接近本性。

電影《亂世浮生》（*The Crying Game*）裡講了個青蛙和蠍子的故事。

青蛙和蠍子都想渡河。青蛙可以游水，蠍子不能。所以蠍子請青蛙背牠過去。青蛙當然不肯，怕蠍子螫牠，那可是要命的。可是蠍子說：「你載我渡河，我如果螫了你，你死，我也會死。我不可能做這種會害死自己的事。」聽上去很有道理。青蛙被說服，背了蠍子一起過河。到了河中心，忽然覺得背上一痛，蠍子在用尾刺螫牠。蠍子的尾刺是有毒的，青蛙逐漸麻痺，失去知覺，跟著背上的蠍子一起在河裡往下沉。這時牠問蠍子：「你為什麼要這樣做？」蠍子回答：「這是我的本性，我沒辦法。」

關於本性，這故事點出了一點：我們很難違抗自己的本性，就算會把自己帶上絕路。那本性是什麼呢？本性就是那種我們明知道該如何，卻「做不到」的那個自己。

當年新黨剛成立，第一次公職選舉時，找了許多從來跟政治不搭嘎的學者名人參加競選。我的朋友因此成了某個小縣裡的議員候選人。他披了綵帶，全縣走透透，和選民寒暄握手拉票，在政見發表會上聲嘶力竭。跟支援者喝酒划拳醞釀革命情感，上電臺講抱負講理念……都是他從來沒做過的事，都不成問題。但是投票的前一天我跟他見面，他告訴我他大概選不上了。

我問為什麼，他告訴我一件事。縣裡頭有個戰略位置，就是每天上下班車流必經的十字路口。此處是交通要道，幾乎所有人要進要出都得走這條路。他和競爭對手每天早上黃昏都要在這裡向來往選民喊話拜票，拜了半個月，選前最後幾天，他發現對手出現了大動作。那人居然在路口跪下來，車流來往中，這位候選人像五子哭墓或孝女白瓊，跪地向來往選民叩首「求票」。

老友說：「我看到他那樣，我就知道我選不上了。」

我說你也去跪呀，跪了就可以當選為什麼不跪呢？朋友說：「做不出來。」為什麼別人可以做的事我們會做不出來，那關乎本性。於本性，事情其實並不分高下，只在乎自己的心。有個朋友剛結了婚就被派到美國出差，去的是拉斯維加斯，當然見識不少風花雪月。他回來後談到這一段，說他對不起老婆。我還以為他大概嫖妓了還是怎麼，都不是。他說他在看脫衣舞時，偷偷把結婚戒指脫了下來。

這真是我聽過的，最純潔的愛情表白。脫下戒指的那剎那，他一定多少在希望自己還是未婚狀態。我認為他之所以覺得對不起老婆，是因為他曾經對於婚姻感到懊悔，雖然是一剎那。他為他那短暫的對於婚姻的背棄感到慚愧。

動漫中有個理論叫做「惡魔的證明」。當我們要證明惡魔不存在的時候，事實上已經認同惡魔存在了，所以：否認惡魔存在，正等同承認了他存在。同樣的，如果懊悔婚姻，其實比任何時候都更意識到自己的婚姻。故此，在否認之時，朋友未曾意會的是，在那剎那，他其實對這段婚姻從未如此忠誠過。

有時候，像「最後一堂演講」的蘭迪・波許（Randy Pausch）教授的話：面前有一堵牆，是為了證明你想越過的意志有多強。那些讓我們說「我做不出來」的事之所以出現，其實是在告訴我們：目前在做的這件事，無論多麼應該做，無論多少人認為那是對的，或許並不是我們真正想要的。

未來的現在

忽然發現書市中充斥著自傳。

許多人都在寫自傳，用不同的題目。或許是小說，或許是某個片段人生的記憶，或者是與某個人，或某個族群，甚或某個團體的特殊際遇。

年紀輕時不覺得到處都是自傳。那時候認定，只要不是「傳記文學」裡的文字，基本上都是虛構。雖然某些小說會號稱是以作者自身經歷為藍本，但這個聲明似乎就已經在預告：整本書無論有多少真實性，依然是作者自己的一廂情願，必然有某些人物被美化，某些事實被修飾，甚至某些經歷被扭曲。

然而現在才明白，自傳來自當事者的記憶，事實上便必然是多少被扭曲，或者被重建的。經歷歲月，對人事有不同的理解之後，同樣一件事，自然也會因著這個理解，產生迥然不同的意義。相對來講，完全真實的自傳，可能是最為不真實的東西。

義大利導演路易斯．布紐爾描述他的自傳是：「我憑我的信心，我的遲疑，我的重複，我的過失以及我的事實和謊言為自己刻畫圖像。」我認為凡「自傳」，多少都有這樣的成分。重點不在於自己一生中發生了什麼，而是，我們是如何解說自己的。

關於我對自己的解說，事實上到現在仍沒有答案。我覺得直到現在，自己似乎還是一個在變化中的東西。而甚至那些已然逝去，在時光中湮滅之事，我以為它的意義已然完整，不至再有歧義，似乎也不是那麼回事。新時代的先知賽斯有過一種說法是：「我們的未來決定我們的現在。」這句話，我的理解是：未來才能決定我們當下遭遇的真正意義。

最簡單的解說便是阿扁的人生。

阿扁當選總統的時候，因為支援另一邊，我們全家都很沮喪。因為太沮喪，決定出去吃大餐彌補一下。在那間很貴的餐廳裡，隔壁桌顯然心情與我們完全不同。那一桌都是年輕人，興高采烈的。其中有個長髮女孩，非常亢奮，她說阿扁當選她父親都快哭了。她只好一聲不哼，回到房間裡關上門才高興得跳來跳去，她說她父親不知道她投阿扁，她也不敢講。

阿扁執政的那八年裡，我時常會想起這個不認識的女孩。

在阿扁當選時的那個「現在」，他是臺灣的象徵，是臺灣的光榮，是千萬人希望之所寄。那時候，長髮女孩的「現在」是可驕傲的，是正確的。但是阿扁後面的人生，也就是他的「未來」，推翻了那個「現在」。

我猜想那位長髮女孩，對當年的選擇或許無怨無悔，但大約無法為之感到光榮或自傲。二〇一〇年被判刑的阿扁界定了二〇〇〇年她其實做出的是個什麼樣的選擇。可以肯定的是：與她當時的想法必不相同。

然而，同樣的，無論我們對此時此刻的阿扁有任何看法，他如果在未來有所扭轉，他的「現在」也就改變了。

「我們的未來決定我們的現在。」這句話許諾了我們在任何時候都可以重新開始，做不一樣的人。不到蓋棺時辰，就總有機會可以推翻過去的「定論」。

很久以前看過一篇小說，一開頭，作者便說：「這個同樣的故事，我一生裡，聽到我的姑婆敘述過三次。」

這位姑婆出生於十九世紀末，居住在南方小鎮上。在美國南方沉悶，保守，神祕的氛圍中活了一輩子，從未去過離家超過百哩之地。然而，活在這樣井底一般的環境中，不代表就一定是井底之蛙的思維。

作者第一次聽到姑婆的故事，是姑婆三十來歲的時候，之所以講這一段，可能是要告誡年輕女孩，人心險惡。

小鎮上的牧師是個叫約翰的男人。他因為事故，一邊臉被燒傷了。可能因為容貌，因此被派遣到這個偏僻的小鎮上來。約翰的臉孔是兩個極端：左邊臉完好，看得出沒毀容之前，他五官端正，甚至可能英俊。但是右邊臉則布滿了燒傷的疤痕。雖然長成這樣，但是約翰以他的為人讓居民接受了他。事情發生的時候，他在鎮上已經待了許多年，公認是正直虔誠和值得信賴的人。

那是個夏日午後。年輕的姑婆和朋友去鎮上玩，回來時抄近路回家，卻在玉米田裡迷路了。

小鎮外圍有數百畝玉米田，在田裡迷路是常事。有人沒按時回家，家人多半會出動全鎮人去玉米田找。姑婆家裡也一樣。發現她時候到了沒回家，家人便找了鄰居去玉米田裡找。

姑婆這時才十六、七歲，身體很成熟，心態卻還是個孩子。她在玉米田繞來繞去，找不到頭，便慌起來，開始在田裡亂跑，一邊哭。這時忽然聽到有人喊她名字，尋聲找過去，看到的是約翰。

約翰應該是和其他人一起來找她的。但是沒想到，當時四下無人，這個被幾乎目為聖徒的牧師居然在玉米田中抓住了姑婆，準備侵犯她。她當時大聲喊叫，召來其他人，才算逃過一劫。

十多年後，她把這故事重述了一遍。這時候姑婆升格做了祖母。人生過去大半。大約跟時代變遷也有點關係，當時已邁入二十世紀。姑婆這時回敘這段故事，面對的是比較私密的心情。

她承認其實自己有一點喜歡約翰，他雖然半邊臉醜陋，但是另半邊臉非常英俊，而且在小鎮上，如他那樣博學多識，並且溫柔文雅的男人幾乎沒有。她上主日課從不缺席，一大半是為了約翰。上完課後，她會留下來收拾善後，為的也是可以跟約翰多聊幾句。在情竇初開的年紀，姑婆對於約翰是多少有情愫存在的。

在玉米田看見約翰時，她心情非常激動，事實上，不乏某種羅曼蒂克的想像。

那時她撲過去，約翰隨即把她抱在懷裡，並且低下頭來。

約翰因為臉上有傷，平日總讓頭髮垂在右臉上，遮蓋了傷疤部分。這時候，兩人靠得非常近，姑婆看見了頭髮遮蓋下的傷疤，那是她沒有想像過的醜陋景象。就在剎那間，浪漫變成恐怖，她大叫起來。

而其他人被召來，對約翰一陣拳打腳踢，之後帶走。

姑婆說：若換在現在，她不會大叫的。年紀大了之後，她理解外表與內在無關。現在回想，約翰是非常難得的男人，他傑出而且卓越。如果當初她稍微成熟一點，或者，在約翰低頭吻她的時候，閉上眼睛。她日後的人生可能完全不一樣。

她說：「可憐的約翰。」

因為她大叫，聲稱約翰準備侵犯她，約翰因此失去了他的職位，讓鎮民驅逐離開。之後，她再也沒有聽到約翰的消息。

之後又過十年。姑婆又再度講述了這個故事。

這次的敘述與前兩次完全不同。更具有客觀性。姑婆這時成為往事的旁觀者。當年約翰大概三十出頭，一個正在壯年，並且處在禁慾狀態的男子，在那個夏日午後，面對的是一個極具誘惑力的景象。

在玉米田中奔跑逃竄多時的姑婆，出現在約翰面前時，頭髮散亂，臉龐飛紅，甚至衣衫凌亂，而這個驚慌的女孩，第一個動作是撲到他的懷裡，約翰的反應，現在想來是完全自然的。他當時可能跟姑婆一樣的慌亂，而他低頭去俯吻她的做法，證明雖然從來沒有明白表達，他對姑婆也是有某種情愫的。

這有可能是一段美妙感情的起點的剎那，卻因為天不時地不利人不和，變調成為一樁罪行。約翰被逐出城鎮，可能終生都無法回到傳道的職位上。

姑婆說：「我毀了這個男人的一生。」一直到這時，才明白了當年到底發生了什麼。要小心對待我們的未來。未來才知道我們在現在做了什麼。

幸福

我在北京寫劇本的時候，住在編審家裡。

編審老婆很漂亮。不是那種帶殺氣的漂亮。是秀秀緻緻，清水似的，乾淨到極點的好看。臺灣女孩兒長成這樣，那就肯定不食人間煙火了，可是編審太太不是這樣，人還挺能幹的。

娶這樣的老婆，就像家裡供了個仙女。簡直都覺得要她煮飯燒菜拖地洗衣服是焚琴煮鶴。可是她就微微帶笑，輕聲慢語的，什麼事都做了。

兩個人感情很好。是大學同學。都是東北人。

編審說他是怎麼跟他老婆求婚的。

兩個人那時大學畢業了，已經好了幾年，住在一起。但是兩邊都不提結婚的事。編審說他自己不想結，總覺得男兒志在四方，一結婚就給綁住了，得養老婆孩子，怎麼想怎麼不願意。

每次過年回老家，去女方家拜年，長輩總要問：什麼時候結婚啊？可是女孩子從來也不提，也不催婚。

有天兩個人聊天。男人問女人：你覺得，我們倆以後，怎麼樣？

女孩說：都可以呀。

男人問：總不能長久這樣子吧？

女的說：該在一起就在一起，該散的時候就散了吧。

東北女孩子就是這樣大派灑脫，反倒是男人心裡七上八下了，他在肚子裡鼓搗了兩天。

那天早上起來。他起床，把還沒醒的女人拍醒。跟她說：

「給你兩分鐘考慮。你要肯嫁我，我們就結婚。不想嫁，那就算了。」

女人呆呆的。這話也不知道聽清楚沒有。

男人就去上廁所。一泡尿撒完回來。剛好過了兩分鐘。看到女人還在發楞。他問：「想清楚沒有？」

女人說：「我嫁。」

就這樣結的婚。

編審說他為什麼只給他老婆兩分鐘時間考慮？

他說：真正的大事要做決定，得靠本能意志。想多了，不相干的顧慮都會考量進來。其實婚姻不就是兩個人在一起嘛！只給兩分鐘，她就只剩下一件事要思考，就是：「這個人我到底肯不肯跟他過一輩子？」在剎那間做決定時，給的就是本能的答案。也是最真心的答案。

要幸福，可以簡單到只思考一件事，也可以複雜到……無窮無盡。

托爾斯泰寫過這樣的句子：「幸福的家庭都是相似的，不幸的家庭各有各的不幸。」或許時代改變，我現在覺得事實正好相反：「不幸」非常單純，我們很容易就「可以」不幸，然而，幸福卻是千姿百態。

我從未看過「相同的」幸福。幸福需要許多努力，坊間一大堆書教導「如何讓婚姻幸福」，如果「幸福的家庭都是相似的」，那一本教科書就好啦，不需要這許多五花八門的「祕訣」，「手冊」，「必勝」，「婚姻兵法」之類之類……

覺得現代的「幸福」，型態好像要複雜得多。相對來說，要「不幸福」，卻非常簡單，無論是摧毀一個家庭，破壞一段姻緣，或終止一個美好關係，都只需要一件事，那就是「有人變了」。

關係中間的「變」，簡單來說，就是「方向」不同。面對面的兩個人，只要有一個人背過身去，關係一定改變。

我很喜歡GOVI的佛朗明哥吉他。每在靜夜裡放著，滿屋子像有流水湍湍流過。

在屋子裡疾走的這條小河流不是平靜的潺潺流水，是在布滿石頭的河岸上東拐西繞的，偶爾讓石塊滯住腳步，就緩一口氣，繞著石塊邊上低微的游走，過了這一灣，便又昂揚起來，溜滑的直瀉而下。

我時常覺得佛朗明哥是憂愁的舞蹈。臺灣有個佛朗明哥舞團，團名好像跟火焰有關。天啊，佛朗明哥不是火焰。

佛朗明哥的起手式，無論男女，是俯首的，先看著自己。

之後，緩緩的，慢慢的開始抬起手，足頓地，要先輕微的，清晰的頓上幾下，傾聽自己的聲音。慢慢的，猶疑的，逐漸讓自己放大，聲音響起來，頭昂起來……

這樣描寫，似乎是有點火焰的意味了，不過用來形容佛朗明哥，我總覺得「火」太豔，過了。佛朗明哥比較像迴光反照，它的明亮，悲哀比燦爛多，回憶比現實多。尤其配上歌聲的時候，至為蒼涼，孤獨。不像探戈，探戈是人的舞蹈，有勾引，有鬥爭，有熱情，有慾望。但是佛朗明哥，就算雙人舞，依舊是孤獨的。男女舞者面對面跳，但是誰都不屬於誰。彼此是對方的夢影，是對方的幻覺，最接近的時候也無法碰觸。佛朗明哥的美和悲哀都在這裡。

我看佛朗明哥舞蹈總覺得非常傷感。就像看阿莫多瓦的電影總是會落淚。

《玩美女人》（*Volver*）裡潘妮洛普唱那一首歌，原本是為了娛樂她的客人，但是歌聲出來的時候，她自己便哭了。西班牙是熱情被囚禁的國家，沒有一種聲音是單純的，沒有一個舞步是簡單的，他們的聲音是抑忍許久之後的尖叫。嘶啞的尖叫。

人到中年，每個人都多少有一些被壓抑的尖叫吧。叫出來不對，不叫出來也不對。

跟朋友通 skype。談到我們認識的一個作家，最近出了新書，寫他和妻子的感情。

這個男人，我們都清楚他的外遇以及外遇以及外遇以及……當然，他的書裡只寫了他的妻子，沒有寫他的那些外遇。而寫他和妻子的感情的那些文字，非常動人，堪稱他生涯裡最出色的文字。

小朋友問：他背叛過他的妻子那麼多次，怎麼還好意思寫這樣的文章？

他覺得他實在是作假得太高明了。

我自己的看法：我覺得他沒有作假，他真的是愛他的妻子。那些感情都是真的，雖然有過那樣多的外遇，他的心或者愛或者情感的歸向依舊在妻子身上。

那為什麼要外遇呢？

因為愛會疲憊。愛得越多，疲憊越多。

其實愛情，專指男女間的愛情，快樂並沒有那麼多。這疲憊便是在愛情裡被壓抑的尖叫。

我覺得愛情其實有點像打興奮劑，他的迷人處是在短時間讓人升高到頂端，但是之後，無論怎樣試圖回到那最初之處，卻永遠也回不去。我們不過是從那頂點逐漸降落而已。所以不像別的事有高低起伏，愛情只有一件事，就是下坡。

下坡不是不好。我是喜歡下坡的人。我喜歡愛情在熱情消退之後的餘溫狀態。也許跟年紀有關，覺得相濡以沫的溫暖比什麼都好。覺得感情到了白開水的階段，就可以天長地久，回味無窮。

但總有些人是受不了白開水的。

然而，這樣的婚姻生活，是幸福還是不幸福呢？

在現代，大約依舊要定義成幸福吧。無論其間有多少波折，依舊是相同的人一起「下坡」。而容忍或接納配偶在婚姻中的尖叫，便也成為維持幸福的方式。

真正的幸福總是帶點苦味的。

美麗會有問題

看到網路上，井原西鶴的《好色一代男》列名於歷史上「十大禁書」內，被禁理由是：嫖娼實錄。「作品中的主人公，通過與三千七百四十二個女性發生性關係的切身經歷，悟出了『色道』的『真諦』。」

這樣的說明實在讓人很想看。記得家裡有一本的，但是找半天找不到，反倒是搜扒出溝口健二改編井原西鶴小說的電影《西鶴一代女》。

《西鶴一代女》改編自井原西鶴最後一部豔情小說《好色一代女》。內容描述「一個諸侯的寵妾淪落為娼妓的悲慘一生」。完成於一六八六年的這本小說，事實上是反面教材，完全是來恐嚇女性讀者的，作者振振有詞的警告你：一個女人如果無法遏阻自己的情慾衝動，會給自己帶來如何悲慘的命運。

女主角春子是武士的女兒。父親在幕府做事，是最低階的貴族。她有不少追求者，多半是與她同階層的人。

春子的問題在於她長得很美。

女性的美貌屬於自己，這是近代的事。以前，女人的容貌是家族資產，如果生女而竟然美貌，大半家族裡都會開始打她主意。上焉者會想望女兒會被選入宮中，如蒙上寵幸，就可以換來整個家族的飛黃騰達。下焉者，則看到這美貌可以帶來的婚配利益。只要讓豪門看上，即算是做妾，整個家族也可以「少奮鬥二十年」。生了個漂亮女兒，某方面來說，是擁有了一張穩定中獎的樂透彩券，需要的只是等待「開獎」而已。

春子生得美。由於她的地位，她似乎在「被追求」一事上有多少自主性。影片一開場，春子由婢女護送返家，某個貴族過來獻上諂媚，春子非常驕矜和自在的跟他打情罵俏。那時候，她或許以為自己對於未來是多少可以掌控的。

寫情書給她的人很多，但是打動她的是低階武士勝之介。這角色是三船敏郎飾演。不看介紹還真不知道是他，因為太俊美。三船敏郎日後的形象是非常複雜深沉的男子漢。在這裡的勝之介，衝動，熱情，小狗似的繞著春子嗷嗷叫。這樣俊美的小狗，說實話能抗拒的人不會太多吧。因之春子便「Fall in Love」了。而西方稱之為「掉入愛中」的這件事，在十七世紀的日本（以及一九七〇年前的中國，和臺灣），正式名稱都叫做「墮落」（社會比浪漫文人更明白，男女如果在一起，掉入的必定是黑暗的肉慾之海），並且就因之產生種種問題，以及一大堆文學作品和電影。

總之，春子千不該萬不該，跑去跟勝之介幽會，而且誤以為這是祕密。

人對於祕密往往有一種誤解，認為「你知我知」，你我不說出來就不會有人知道。但祕密這玩意的弔詭就是：如要隱密行之，就一定會有不尋常舉止，而一不尋常，就一定會很明顯。「祕密」是在「不關心你們在幹啥」的他人面前的公開行為。事實上，「大家」都知道，只是「大家」覺得：「關我屁事！」但是萬一有一位「他人」，發現他很可以跟這件事牽上一點關係的時候，祕密就很快不祕密了。

所以春子和勝之介很快被抓包了。很不幸是發現這件事的是春子的某位「追求不遂者」，因此他便因妒生恨，做了無可挽回的處理。他向城主報告，導致勝之介被斬首，而春子父親被剝奪武士身分，驅出幕府，一家成為了貧民。

我猜想春子如果相貌平庸，在有人願意娶她之前，絕不可能碰到任何愛慕者。就算有人發了失心瘋跑去追求並且「幽會」，事發了一定也很容易解決。例如「姦夫」迅即升級為「丈夫」。也許她父母還慶幸不用費力氣幫她找婆家了。

這又是另一種社會成見，以為美女機會比較多。正好相反。醜女「惦惦呷三碗公」的潛力一向比美女大，這年頭，嫁不出去的大半都是美女，或內在很美的女強人。我認識的許多真正的美人，多半年過三十都還沒機會失身，遑論其他。所以，其實，美貌這種事，跟炸藥差不多。很有威力，但是使用不當，最快死的是自己。

春子便給我們示現了「美貌使用不當」的後果。

我說過了：過去，女性的美貌是家族資產，為全家人所共有，所以日子過不下去，她老爸便盤算要如何「變賣家產」，靠女兒的美貌換錢。春子如果長得像蔡頭，他父親絕不會起這個妄念。然而她美若天仙，於是便成為可以變賣之物，被賣去當藝妓。

在當藝妓的時候。城主選妃，她被挑中（當然不是因為她歌唱得好），到城裡為城主生了個兒子。完成任務後，便被踢出城外。她如果長得像蔡頭，敢賭城主夫人是不會介意她留在城主身邊的。

回到父母身邊之後，因為家裡又沒錢了，因此又被「變賣」一次。她簡直就沒法過安穩日子。在妓院因為太美麗而高傲，被妓院老鴇趕走。跑去富人家做女僕，因為太美，女主人擔心她勾引自己丈夫，凌虐她。春子心灰意冷準備出家，卻又因為太美貌，讓來寺院的男人起了色心強暴她。總之她的美貌帶給她的盡是災難。

到了晚年。美貌不再，但是因為美貌了一輩子，除了「以色侍人」，沒學過別的生存方式，所以，儘管在我看，貧窮孤苦老太婆還是有很多方式可以生存（例如乞討，撿破爛，作女侍，或詐騙，或像「羅生門」裡的鬼老太婆拔死人頭髮去賣），春子的選擇卻是到「廣州街」去站壁。

在井原西鶴的原著裡，春子的悲劇是起因於對於性的無法克制，溝口健二在影片裡美化了這個部分，好像失貞不是春子的意願，是她受迫。但是真正的事實是，面對別人的侵犯，春子從來沒有抗拒過。溝口最後依從了原著的設計，讓春子去賣淫。他也許沒有自覺到，讓春子在年老以性為行業，其實透露了春子的真相。

我不是在說春子是花癡。事實上，太自覺自己美麗的女人是無法享受性的。性，無論出之於何種方式，對那種忘不了自己美麗的女人，大半是表演，通過對方的反應來自戀，或者是控制，以對方的絕對臣服來驗證自己美貌的威力。

美好的性一定要忘我，如果時時自覺著自己呻吟婉轉的姿態，表情和聲調，那不論看上去多麼似乎享受著性，「技術層面」一定超過真實感受。男女皆同。而跟一切的技藝一樣，當「作者」開始著迷於讓「技術」無懈可擊時，那件事的靈魂便失去了。

美貌，在過去，它的威力是透過「被得到」而施展的。因此，不與性牽連的美貌是無用的。「性」是人際關係的最高級形式。只要有了性牽連，兩個人的關係便立即置於所有其他關係之上，男人或女人可以因為性，立即躍升為當事者的特殊關係人。這個特殊關係簡直就像白金無限卡，幾乎可以拿來做任何事。雖然有人不使用這個權力，不過事實上，跟人上了床，便等於定了無形契約，兩個人對彼此有權力。這權力的施展會不會踢到鐵板，那是另一回事，但是根底上，雙方對彼此擁有的權力是即算父母子女八十年知己好友或「match」到不行的工作夥伴都無法得到的。

在春子，她所得到的，表面上看，是因為美貌，根底，其實是因為性的交換。

她這一生，只學到「以性來交換」一件事，她也不會別的，她也不知道別的生存方式。如果她不是那樣美，也許早就學到許多別的事了吧。

打人

「在外灘看見一個警察打人，沒有緣故，只是一時興起。」

二十年代的上海，張愛玲在外灘看見警察打人，寫了篇小短文。

昨天我也在臺北捷運站上看見打人。並不是警察打良民，所以沒引起多大反應。正是下班時間，捷運站裡人很多，不過多數瞄兩眼就別開頭去了。或許是禮貌，不好盯著一直看下去。也或許只是不感興趣，到底現代人是見過世面的，什麼也看過了，更何況打人的和挨打的，並沒什麼驚心動魄之處。

動手打人的是個小老太婆。頭髮花白，剪成小平頭，可是又燙過，在前額打成蓬鬆的流海。穿淺土黃色 POLO 衫，同色系的運動長褲。她長一張小小的冬瓜臉。不是胖，只是飽滿。身材也是，一體成型的人形冬瓜，或者說是人形花生，總之兩頭寬中間窄，雖然明擺著是有年紀，但是這種曲線，顯示了她還沒放棄作個女人。

挨打的是個男人，年紀也不小。看是至少也六、七十了。穿淺灰襯衫，下襬放腰外，黑色西裝褲，戴頂帽子。

這件事就這樣發生。大家都在等捷運，忽然，女人就開始打這個男人。她手上拿的是把傘，最近這陣子常下雨，收束的傘像根棒子。女人就抓著傘柄朝男人身上打下去，主要打下盤，腿和屁股那一帶。兩人原本都在排著隊等車的行列裡，這時男人就走開，邊嚷：你為什麼打我！打我幹什麼！

女人說：就打你。她追過去打，兩人在月臺上一個走一個追……其實「實況」不像我的用詞這樣刺激性，因為兩個人都動作很慢，男人在前面有一搭沒一搭的邊嚷邊走，女人就跟著他，時不時用傘骨打他。說是打，大約沒下什麼力道。所以後來男人就嘟噥兩句，站著挨打，好像那身子不是他自己的。

一男一女，我懷疑這怕是某種調情方式；但是兩個人臉上都沒有任何激情或曖昧之色，只是非常之平常，面無表情。然而又一個打一個挨的，極有默契，和尋常，就像打人或挨打這件事是每天都會發生的。之後車來了。兩人一起上車。博愛座正好有空位，男人沒意思要坐下，女人又打他，大約也不能真正算是打，她拿傘骨戳他，敲擊他膝蓋窩，叫他：「坐下。」男人不動，女人於是又打他的腿，男人便坐下了。

給我一種訓練動物的感覺。

兩人就這樣一站一坐。女人拉著吊環站在男人面前。男人茫茫然坐著，眼視前方。兩人並不說話，像是陌生人。後來男人就打起瞌睡來，戴著帽子的腦袋垂下去。女人則很機警的注視著車窗外，手上的傘抵著地面，傘身觸著男人膝蓋，給我一種保護著，也似乎是看管著面前這個對象的感覺。

一直到我下車，這兩個人都是這狀態。這兩個人漫長的一生裡，就這七、八分鐘的碎片閃現在我面前。我很好奇他們是什麼關係。

現代人關係要複雜多了。看到男的小女的老，其實並不好斷定一定是母子，說不定是「黃昏之戀」的進化版（相對那種男大女小的古典版）。而一路在百貨公司提大包小包順帶刷卡付帳的，十分有可能不是那位拜金女的老公。相反的，從愛情賓館裡恩恩愛愛相擁出門的，或許是來經營感情的正港夫妻或情侶。而在法國餐廳裡替浪漫燭光晚餐買單的，也未必不是那位貌美如花事業有成的敗犬女王……。

現代人的關係是如此充滿驚奇感，所以，可以在捷運站上公然打人，對方又打不還手的，說實話，兩個人可能是任何關係：或許是菲傭和她照顧了很久的——八百年孩子也不回來探望一次——的老主人；或者，債權人終於抓到了追尋多年的倒會的會頭；或者，虔誠的教徒在設法把迷途羔羊「趕」回到上主的身邊；或者，老兄妹倆臨時在公開場合「回到了從前」，玩起他們五十（或六十）年前不共戴天的遊戲。

我後來跟朋友聊我看到的這件事。這人一聽，直接了當就說：是夫妻。還奇怪我為什麼沒想到：這或許就只是一對感情不好的老年夫妻。我承認我一開始就想這一對大約是夫妻，不過很努力的「亂以他想」，因為實在不願意發現「和你一起慢慢變老」的最浪漫的事項中，居然可能會有在捷運站上挨打的這一項。

總是沒有經歷過的事才最美。〈最浪漫的事〉這首歌從臺灣紅到中國，還有一齣連續劇拿它做劇名，片頭一開始就唱：

我能想到最浪漫的事

就是和你一起慢慢變老
一路上收藏點點滴滴的歡笑
留到以後坐著搖椅慢慢聊

寫歌和唱這首歌的，其實，在當時，根本都還沒有「變老」。而且在「變老」之前就分手了。我估計在「錢櫃」或「好樂迪」點唱這首歌的，要不是身邊並沒有陪他們變老的人，就是根本皺紋還長得不夠多的年輕情侶。真正經歷過「一起慢慢變老」的人，對這首歌大概很難起什麼共鳴。

白首偕老是困難的工程，不比薛西弗斯推石頭上山輕鬆多少。我有一對關係極遠的親戚長輩，他媳婦告訴我，老太太現在的「人生目標」就是希望老先生長壽。

這一對老夫妻已經相守六十多年。老先生中風臥床，夫妻倆分房睡，但是老太太每天一起床，一定先去探望老先生，拄著枴杖到老先生床邊跟他「慢慢聊」。聊什麼呢？聊老太太這一輩子想說但是沒什麼機會出口的話：包括他過去的負心無情霸道虧待她虐待她的「點點滴滴」……兩人是舊式夫妻，男尊女卑。過去女人只要一回嘴，男人就是一個耳巴子飛過去。不過老天有眼，終於給了老太太一個鍛鍊記憶力的機會。她年紀一把，可是卻耳聰目明，一點沒有老年癡呆癥狀。我相信全世界沒有人比她更真心誠意希望老頭長壽的，老頭活得越久，她說得越多。

據科學統計，女人平均要比男人壽命長。我有時候懷疑是這種「一定要報仇」的怨念，讓女人比較有活下去的動力。事實上，活得比你痛恨的人更久，基本上就已經勝利了。

以前聽過一個故事，一直想拿它寫點什麼。朋友的某個長輩，從來對妻子都是喝來斥去的。他不知道為什麼，總是嫌妻子貪吃，只要妻子吃東西就罵她。後來男人死了。守靈之夜，找不到這位未亡人，後來發現她在廚房裡大吃。

想像這樣的景象，會覺得不寒而慄以及悲傷。

相較之下，張愛玲在上海灘看到的警察打人，似沉重其實簡單。反倒在捷運站上演出的這一幕「打人」，似輕揚，但是，有可能非常非常，非常的可怕。

黑鳥

納布可夫的《羅麗泰》大概是全世界最知名的禁書。世界十大禁書裡說明它被禁的理由：「戀童癖」，還有：「此書在美國人盡皆知，是把它當一本黃書來讀的。」

《羅麗泰》作為一本「黃書」，實在非常奇怪。因為通篇裡對性的描寫非常的保守。既不鹹也不濕。一九五五到一九八二年間，在南非，阿根廷，美國，英國，這本書全面查禁。

將近三十年裡，這樣一批幅員廣大的閱讀人口，以《羅麗泰》為性的啟蒙書，從少年長大成為中年，甚至老年……目前全世界和網路上氾濫的兒童性產業，或許有不少「客戶」是《羅麗泰》「啟發」的。思之不勝扼腕。

我非常喜歡納布可夫。《羅麗泰》如果不是因為被禁，其實牽涉不到色情（我個人看法）。如果要為其辯護，這也不是第一本寫「戀童」的書。書中的羅麗泰十四歲。嚴格說起來，《源氏物語》裡源氏一生情史中，多數的女性，也大半在這個歲數上下。中國歷史裡更不乏幼齒侍寢的篇章，無論宮廷或民間，好像都很尋常。納布可夫的問題是他在書裡把這件事合理化。並且舉了許多例子來辯解。他有點像打開了潘朵拉的盒子，把一些不上檯面的事給掀了出來。

我們不是為了他不道德而禁止，而是因為他公開了這些不道德。

時代巨輪轉到了二十一世紀，「挑戰禁忌」不再是冒險，而成為一種宣言和人生態度。我猜想潘朵拉的盒子裡不剩多少沒被翻攪過的東西了。而禁忌又演變成娛樂，成為標誌。「羅麗泰」被簡化成「羅麗」，動漫圈裡所謂的「小羅麗」甚至年紀更小，差不多是路易斯·卡羅筆下的愛麗絲的年紀。小羅麗的「規格」是：平胸，嬌小，四肢細弱，要有精靈般的氣質。她們是女孩即將成為女人，在那個微妙的界線之前，有女人的心，而沒有女人的身體。而只要出現了任何性癥，她們就跨過了那個界線，不再是羅麗。

鴻鴻的「黑眼珠劇團」上個月演出的《黑鳥》（*Blackbird*），標榜的就是「四十歲男人和十二歲女孩」的禁忌之戀。劇本是蘇格蘭劇作家大衛・哈洛維（David Harrower）得到二〇〇七年「勞倫斯奧立佛」大獎的作品。哈洛維生於一九六六年，《羅麗泰》被禁以及解禁，正趕上他的青少年時期。不過他這部戲，倒不是在探討戀童癖，我認為他在探討的是道德的不道德性。

大衛・哈洛維似乎擅長以爭議性題材來寫作。他的名作：《母雞身上的刀》（*Knives in Hens*），和《殺掉老人虐待孩子》（*Kill the Old Torture Their Young*），從劇名就可以想見題材的衝擊性。而這部《黑鳥》，從頭到尾舞臺上就兩個人，實在考驗演員功力。是我最近看的最具魄力的作品。

男主角「雷」在四十歲時，帶著十二歲女孩「烏娜」去開房間。後來事情鬧大，雷被抓入獄。這是道德層面，社會制裁了他。但是在真正的現實層面，只因為女孩年紀太小，那便不可能是真正的愛嗎？

男主角大約錯在沒有等待。多等幾年，小羅麗會長大的。大概也錯在要以性來完成愛，如果不去開房間，大概這種愛，管他算不算戀童癖，或許不會出問題。但是愛，男女之愛的要命之處就在於無法等待。兩個人中間產生的那種猛烈的，排山倒海的感覺，通常不會存在太久。比日出短，比月落長，大概就一個流感周期。如果不趕快以某種方式確認（通常就是性），往往便死無對證。

愛的感覺出現的時候，如果不去給對方脖子上種草莓，或者到愛情賓館完成體液交換，這一切便會像花的香氣，像沐浴在月光下，像蝶翼在面頰輕觸……完全死無對證。發生了也像沒發生。難怪人類要「談」戀愛，不用言語把那些感覺具體化，文字化（如用ＭＳＮ對談，或寫 e-Mail），實在沒什麼把握。不過愛情就像煙一樣，能夠看見的時候，多半已經燒過了。

《黑鳥》的故事結構，其實有一點和納布可夫的《羅麗泰》很像。我不知道讀過《羅麗泰》的人有多少人注意過這個情節。

《羅麗泰》裡，杭伯特在青少年時期有過一段短暫的初戀，十三歲時，他和家人到海濱度夏，認識了比他大不了幾個月的小情人安娜貝爾，兩個人熱戀起來，在各自返家前的最後一天，兩個孩子偷跑到沙灘上，正準備交付彼此，卻被路人甲給打斷。之後兩人隨家人各自離去，四個月後，安娜貝爾死於傷寒。

在《黑鳥》中，男主角雷入獄，又出獄。出獄後他認識了一個帶著孩子的女人，因此結了婚。他的妻子帶著嫁過來的繼女，是一個十二歲的女孩。與當初的烏娜同樣年紀。

納布可夫很清楚杭伯特的「戀童」心理的根底是什麼。那就是他早年那一次中斷的性交。關於第一次性經驗被阻礙，不知道佛洛伊德有沒有相關說法。不過我猜想那會是比任何的中阻更為強烈的一種「未完成」，尤其對於男性，或許伴隨某種潛意識的被閹割感。因此杭伯特如同被制約一般，不斷的試圖要完成這個動作，因此，他在一個又一個對象身上複製他的安娜貝爾，最後落實在羅麗泰身上。

《黑鳥》的主角雷因為被抓入獄判刑，也同樣遭遇了「中阻」。而他在多年後成為另一個杭伯特，他或許也一樣，娶那個母親是為了那個女兒。

因此，兩個故事在講的，其實都不是戀童，而是創傷。我們都在某種程度上會希望重溫快樂記憶。而最痛的創傷，往往來自於「快樂的未完成」，那比真正的痛更痛，是因為，隱隱的，潛意識的，我們期望，並且堅信那個快樂的純粹性。而因為得不到，便比真正的快樂要更為強大。越是永遠無法彌補，那「失去」便越發龐大。

披頭四一九六八年有一首歌叫〈BLACK BIRD〉。是 Paul McCartney 寫的，也由他演唱。這首歌很簡單。歌詞反覆。而下面幾句特別動人：

Black bird singing in the dead of night（黑鳥在死夜裡歌唱）
Take these sunken eyes and learn to see（黯淡的眼睛學會了觀看）
All your life（你所有的人生）
You were only waiting for this moment to be free（只為了守候這自由的剎那）

杭伯特或雷，其實也很像那在死夜裡唱著歌的黑鳥，花一生去結束某些事情。那在他們不願意發生的時候發生了，之後背負終身，要至死方休的事情。

完美女人

最近在看賈德諾的「柯賴二氏探案」（Bertha Cool-Donald Lam Mystery）。這一套書是搬家時翻出來的，從前看過，現在重看，居然情節全部忘光，還是讀得津津有味。

賈德諾（Erle Stanley Gardner）是美國著名的推理作家，與阿嘉莎．克莉絲蒂同期，走紅於二十世紀中段。他最著名的作品是《梅遜探案》（*A Perry Meson Mystery*），電影電視都改編過。演「梅遜」的是後來演「輪椅神探」走紅的雷蒙．布爾，濃眉毛黑眼睛……說實話不知道他是不是黑眼睛，也或許是藍的，那時候只有黑白電視。雷蒙．布爾臉四四方方，人也四四方方（電視裡多半是上半身特寫），那樣扎實可信任的外貌，碑石一般，光憑長相就可以說服觀眾他必然具備某種德行。

以前的演員往往自身就是某些名詞的象徵。例如克拉克．蓋博等同「瀟灑」，費雯麗等同「美麗」，瑪麗蓮．夢露等同「性感」，奧黛麗．赫本等同「優雅」，葛麗泰．嘉寶等同「神祕」。看到演員，就知道他（她）會帶給我們怎樣的劇情。不像現代演員難以分類，性感偶像會忽然成了矬包，美麗花瓶增肥變醜去演女同性戀殺人犯，大帥哥跑去搞笑，丑角則和美麗女主角大談曠世戀情……現在看電影，很容易得到驚喜，或「驚嚇」，大大拓展了我們對人性的認識。

雖然所有藝術都號稱是「反映現實」，不過我一向覺得藝術和現實其實是互為影響的。日本黑道電影改變了山口組的組織結構，甚至「波及」臺灣黑社會。那種大哥出殯，黑西裝黑眼鏡兄弟列隊的陣仗，怎麼看怎麼像日本極道電影的場面。因為電影上出現那樣多複雜的角色，可能啟示我們一般人釋放自己性格上的搞笑面黑暗面不登大雅面……久而久之，每個人都全方位了，什麼樣的性格都有。

大家都非常「性格」的時候，其實也就千人一面，反而一體的全無性格。目前雖然看上去百花齊放，人人都在努力「表現自我」，但是這些自我其實也類型化，可以成筐成打的歸類，真正的獨特或特立獨行幾乎沒有。看到過去那些性格分明的人類，實在不能不讓人感嘆，果然是「典型在夙昔」啊。

「柯賴二氏」是賈德諾的另一套書。遠景在一九八八年出版，我看這書是二十年前，難怪除了男女主角，對內容一點印象都沒有了。

「柯賴二氏」指的是「柯白莎」和「賴唐諾」。兩個人合夥開偵探社。柯白莎六十來歲，個頭豐滿，力大無窮，「像一捆用來做籬笆，帶刺的鐵絲網」。除了性別和服裝，沒有任何跡象能顯示她是個女人。賴唐諾則非常瘦小，「掉到水裡撈起來，連衣服帶水不到一百三十磅」。但是，套柯白莎的話：「這小雜種別的沒有，他可真有頭腦。」

賴唐諾雖然貌不驚人，卻非常有女人緣，這套「柯賴二氏」裡，每一本都有至少兩個女人對他投懷送抱，時常還更多。這些女人看上他的理由都一樣：「唐諾，你是個好人，我不知道為什麼就覺得你可以信任。」

這或許是類型小說的寫作方式，偵探是書裡的唯一英雄，而英雄的配件，老實說，不是白馬也不是寶劍，其實就是美女。沒有美女的英雄是不成其為英雄的。就像遇不到佳人的，無論如何才高八斗，他那「才子」名號，似乎灰濛濛的，欠一點燈光照著。

唐諾的泡妞祕訣是「扮豬吃老虎」。也許不能說他是「扮」豬，他根本就是貨真價實的豬，假如我們認同「豬」在這句話裡指的是溫良恭儉讓的人類的話。因為看作者描寫，他還真是不欺暗室，從未在女主角們的桃花勢力下屈服，案子辦完便全身而退，等辦下個案子的時候，再換其他的「老虎」。

書裡幾乎所有女性角色，無論良家婦女，虎膽嬌娃，蛇蠍妖婦，都主動勾搭他，不但送上門，往往還要霸王硬上弓，才能跟男主角有一點肌膚之親。我說的一點，真的是一「點」，就是下巴以上鼻子以下的那一點，「一點朱脣萬人嘗」這七字詩，至少在賴唐諾的辦案生涯裡，扎扎實實是用來形容我們的男主角的。而除了接吻，書裡從未出現更刺激的動作。

當然，這是四〇年代，無論男女，上九流下九流，都還在某種範圍內彬彬有禮。書裡唯一罵髒話的角色是柯白莎，而她最勁爆的髒話是「他奶奶的」。

而那些美女們勾搭唐諾的方式，也非常古意，千篇一律，都是給他看大腿，偶爾看到腳尖；但多數是大腿，以及絲襪的一部分。她們有些是刻意，有些卻是設計性十足的「不小心」：或者下衣襬掀開了，或者裙子縮到了膝蓋以上，然後就露出那一對傲人的腿出來。而唐諾每次都看得目不轉睛，為了要做個紳士，因為女人露出大腿的時候，假裝沒有受到誘惑是不禮貌的。

憑良心說，對於人體下端的這兩根支撐物，賈德諾的描寫還真是千變萬化，美豔異常。現代人也有大腿，不過看來看去，好像只有兩種形容方式，一曰「美腿」，二曰：「白皙修長」。我實在疑惑是不是我們看太多了，所以想像力枯竭。至少我光只看賈德勒的形容，都要覺得在「柯賴二氏」探案裡的那些美腿，臺灣不管名模還是名女人，似乎沒有任何一雙腿打得過。

大眾文學一向要比純文學更在乎讀者，因此，所有的大眾文學：羅曼史，推理，武俠，都一定有夢想的部分。寫實面不是沒有，但限定在他的類型範圍內，而其餘，就理所當然的異常不寫實。而往往是不寫實部分最有趣，因為它反應讀者的願望。不是說環繞賴唐諾身邊的那些美女不可能存在，而是她們存在的「方式」在現實中可能性很少。我看遍「柯賴二氏」二十九本之後，理解了對於男人，完美女人應該是怎樣的。

真正的完美女人，其實相貌沒有那麼重要，當然也不能長得像大白鯊，不過任何天仙美女，如果缺乏以下兩種「美德」，就不可能成為男性夢想中的女人。

這兩種美德，其一是「一切主動」。俗語叫「送上門去」。

別人主動代表自己不須負責。對於男人，任何男人，最「美好」的情感經驗都與不必負責有關。在女人，情感進展到男人開始負責的時候，通常是幸福的開始。但是對男人，責任從大門進來，愛情就會從窗口飛去，至少也要飛去一半。想奉勸女人，要直接了當把男人的負責當作愛情，別奢求他同時負擔責任又同時愛這個責任。男人開始負責，考慮和女人有長久關係或是索性娶她回家的時候，大半就沒有心情也沒有體力來談情說愛了。

其二是「把握當下」。俗語叫：「絕不天長地久」。

如果女人一戀愛就變成辛德蕾拉，保證在十二點消失，或變成南瓜，之後永遠不出現，任何男人的柔情蜜意都絕對會被挑起。不像一般的看法，其實上床容易下床難，所有男女之間的問題都起因於「下床」不當。有些男人因為完全不知道該如何「下床」，結果就只好一輩子留在「床上」，成為樣板，提醒哥哥弟弟們，一個人多麼容易就可以毀了自己的一生。

對於女人，就除非她不愛你，否則她理解的，要求的戀愛狀態，大半是永不「下床」。女人如果可以乾脆俐落的做個完美女人，通常表示她不愛，也不在乎那個男人。然而女人的愛或不愛，界線相當模糊。忽然之間，她跨過那個界線的時候，她的完美性便消失了，永遠消失了。

我們教了男人什麼

在金石堂。買了東西到櫃臺結帳時，聽到有人詢問某暢銷女作家的書還有沒有在賣？這位女作家是專談兩性關係的。而這位「讀者」（他既然詢問，顯然是有興趣閱讀內容的人）是位男性，而從外貌看來，實在不太像「知識分子」。

當然現代的「知識分子」外貌也沒有定論啦。許多人的飽讀詩書，形成的是腦滿腸肥。而披帶珠光寶氣，身著俗麗套裝的，許是著名女作家。臉上假睫毛，手上珍珠指甲，衣裝露胸露腹的小辣妹，大有可能才氣煥發，書讀得比她身高還高；相對的，那種一臉書卷氣，溫文爾雅者，或許只是活生生，能夠移動的動漫大全，卻對其他種類的「知識」一竅不通。

而這位「讀者」，我辨識他不是「知識分子」的理由有二，一是他的外表。他衣著潦草，一件敞開的大格子襯衫裡是發黃了的白汗衫，卡其寬褲腿紮在一雙黑雨靴裡；另外，脖子上還搭了條黑不黑黃不黃的物事。氣候很熱，摟了那麼一團在脖子上，功能決不是為了保暖，感覺上有點像毛巾，又並不是，我估量他用來擦汗的。歲數是四十多接近五十。

另一個理由是：他詢問的那位作家的書就擺在入口的平臺上，並排放了一疊。他視而不見，顯然不是常跑書店的人。

我非常好奇他去買兩性書籍是為什麼。要不是幫別人買：女兒或小情人，要不就是忽然熱中於想理解女人到底在想些什麼了。

一般而論，我們都相信男人們不會看女性雜誌。但是，是不是真的這樣呢？

那些女性雜誌，什麼 *Cosmopolitan*、*Camelia*、*ELLE*、*VOGUE*、*JASMINE*、*Bella*、*Marie Claire*、*ViVi*……，雖然許多美容院都是男女顧客通收，而讓顧客邊打點外貌時順便殺時間的雜誌，幾乎就是這些，但是我們習慣去相信男人不「碰」這些娘娘腔的刊物。

就像那些女性影集，例如《慾望城市》（*Sex and the City*）、《慾望師奶》（*Desperate Housewives*）、《熟女鎮》（*Cougar Town*）、《緋聞女孩》（*Gossip Girl*）、《慾望女人幫》（*Cashmere Mafia*）……我們都相信男人沒有興趣，就除非是女朋友逼著他「陪看」。如果男人居然翻閱女性雜誌，或者看女性影集，那大約只是去鑑賞那些雜誌或影片裡頭誘人的漂亮女性。

講到這一點，女性雜誌裡會有那麼多的半裸女性畫面實在是奇妙的事。男性雜誌，除非是針對男同性戀的，否則不大會讓男人剝光了亮相，但是女性雜誌上許多養眼畫面：談皮膚保養的，談性技巧的，教導兩性大不同的，教導誘惑男性之道，改善兩性關係的，甚至分享一夜情，自己外遇或被外遇，或被配偶辜負凌虐家暴的報導，大半也要配上身段曼妙，膚質光滑，既美麗又誘惑的女體局部影像。

我實在想不出這件事的道理。男女平權的現代，男性雜誌上如果充斥裸女，女性雜誌上不是就該充斥裸男嗎？但事實上，女性雜誌上，當然也有可口的男性影像，但遠遠和養眼的女性影像不成比例。就除非女性天生那種誘惑男性的意識，已然內化深化到骨子裡，即使在面對女性讀者，表達女權意識之時，也不自覺的在挑逗男性。例如上世紀的女權分子把胸罩和內褲扔進火裡焚燒；不穿胸罩，甚至直接赤裸。更為激進的，則以來者不拒的性關係來彰顯女性權力。

這實在讓人懷疑女權的始作俑者到底是男人還是女人，因為所有的這些表達女性權力的做法，我認為，如果偏激點說，都是服務男性的。女人越穿越少，去處女化，在性上面大方到甚至超過男性。在男女關係上，我認為現在是前所未有的，男性天堂的世界。女孩子們公然裸露自己，到處可以看見坦露的胸部腰部腹部腿部以及臀部。性關係輕易如探囊取物，而有時候伸手「探囊」的還是女方，搞到懷了孕，男方當然可以理直氣壯的懷疑到底是不是自己的。而就算結了婚，男人對家庭對經濟對配偶對感情的不負責任，如果女方太有能力，反而成為女性的原罪，因為她的強大閹割了配偶的男子氣概。

這個「天堂」有沒有因為一切都太多太滿失去神祕感而倒了男人的胃口我不知道。我只知道，在過去數世紀裡，男人必須追求必須付出代價才能得到或滿足的東西，現在唾手可得。性誘惑或性關係，像便利商店的保險套一樣，各種廠牌各種形式在架上陳列，並且二十四小時供應，全年無休。男人的選擇從過去的該不該要（在道德上），能不能要（在能力上），變成了現在的想不想要。如果一個男人比較有分有寸，不容易勾引，可能不是他的道德操守強過古人，而只是這件事如此便利，容易，隨召隨來，永遠守候，讓人失去慾望。

那些為了女性的投票權，工作權，不做「第二性」權，披荊斬棘的女權先烈們，萬萬想不到她們的百年努力，得到的是目前的局面。從過去到現在，很可能未來也不會改變，女人依舊；套張愛玲的句子：「一輩子講的是男人，念的是男人，怨的是男人。」唯一的差別，我還是要借用張愛玲在〈第一爐香〉裡的句型：「從前是被迫的，現在是自願的。」過去的女性無可選擇，除了男人，沒有別的「事業」，但是現在的女人，三百六十條大道擺在面前，可以走的路那樣多，然而九拐十八彎之後，還是走到男人身邊去，講他，念他，怨他。

我們都以為男人需要女人，有可能這件事正好相反。或許因為我的性別，我總是聽到女人為了男人要死要活：或為情自殺，或殺情敵。但是男人在感情上似乎雲淡風清，過不去的好像都是其他事情。就算遭逢情變，手段激烈的去把情人給「滅」了，似乎也是恨比愛大，或者自尊比愛大。如此我們輕易可以得出一種結論：男人不會在愛裡痛苦，就除非是為了拐女性同情他。偶像劇裡的劇情反映的是女人的，而不是男人的夢想；所以要得到女人，就要像偶像劇裡的男人。

這就是我們教給男人的。從偶像劇裡，男人學到：女人是夢幻的，情緒化的，喜歡眼淚，雨滴和鮮花。只要捧了鮮花站在雨中含淚愧悔，無論做了什麼事女人都會原諒他。另外還有：女人發怒的時候，用一個吻可以阻止。女人如果離開，一定要酗酒，墮落，蓬頭亂髮，痛不欲生……至少在她可能會看到你的時候，和地點。

然後，如果男人看女性雜誌，他又會學到另一件事：女人是生來取悅男人的。無數女性雜誌，教導女人讓自己美麗，性感，如何「壞」，如何「辣」，如何吸引眾多男性目光。也會學到女性美的「標準」，上圍多少C已經不夠看了，必得要E以上，甚至上G。腿要多長，腰要多細，小腹要多平坦……為此女人們做各種運動，抹各種霜，在腿上在身上在臉上，甚至還有乳房和私處使用的。

當然現在是美形時代。男人也希望自己看上去俊帥，有胸有肌，不過說實話，我真還沒看到任何化妝品專櫃架上有專為男性打造的，讓他們「緊實」或「增大」的化妝品。而坊間的男性雜誌，對於「改造」，焦點似乎放在男人的車，男人的房子，男人的玩具，男人的……所有男人「的」東西上，而很少教他們如何「改造」自己。

也沒教他們如何「改造」女人。可能原因是他們不須擔心此事，女人，現在的女人，很顯然，已經接手了這個工作。她們正在千方百計為了男人打造自己。不但在外表，也在內裡。

談情慾書寫

最近，接連幾本找我寫推薦序的書都跟女性情慾有關。害我忍不住思考：於外界，現在的我，到底是什麼形象呢？為什麼沒有談論民族大義（如「某某運動誤我八十年」，「白色與恐怖」之類），或者，至少，談論江湖大義（「青山十九劍」或者「血武林」）的書找我寫序呢？我除了喜歡「研究」女性情慾（誰不想「研究」哇），對於國家民族，或是刀光劍影，我也一樣是滿腔熱血的呀。

檢討結果，猜想跟我近幾年「言論」比較「開放」有關。「開放」一詞，在任何年紀發生都具有某種刺激性，唯獨在老人家身上不會。老人家的「開放」往往駭人，有點像迴光反照，越是大聲疾呼，聲嘶力竭，越是讓人想到他叫的日子不多了。

年輕與年老，在同一件事上的表態，之差距便在此。年輕人的「我要我要」，代表渴望和驅動力，老年人的「我要我要」，則只讓人看到他窮其一生並未得到，並且，大有可能永遠得不到了。

這可能就是那句「年老戒之在得」的真正意思，不是指年紀大了不該貪得無厭，而是老年人貪得無厭令人悲傷。那至少代表兩件事：其一是活了一輩子依舊對自己不滿意，其二是強大的不安全感。

我們時常說：「兒童是人類的未來。」但殘酷的真相是，真實世界裡，老人才是「每個人類」的未來。任何一個老人站在我們面前，都多少顯示了我們「未來」的景象。而如果那景象是不堪的，痛苦的，不安的，會讓我們對未來失去希望。

我之優勢，我個人覺得；可能是，我是那種對自己很滿意的老人，無論外在內在。我的自如，或許在某種層面上，讓一些人看到「未來」。如果世界上有人老去能像我這樣，表示他們也有這種可能。

而我之能夠對自己這樣滿意，主要的一點是，我享受到許多老年的好處。大放厥詞也是其中一項。要是年輕十歲，我可能言論無法像現在這樣「開放」。歲數大了，談那些不該談的事，似乎有一種清潔感，因為人人都知道你已經在距離之外。就像緋聞當事人談他們的感情問題，大家都相信他們要不是搞不清狀況，要不便是說謊。「旁觀者清，當局著迷」，真相一定在那些「遠離現場」的人身上。因此，談「性」，沒有人比我更有說服力了。我是過來人，現在已經沒有牽扯。另外，這些言論不會讓我得到什麼，或失去什麼，因此我無須說謊。

我年輕時有位長輩說過：「人間事，一通百通。」那位「長輩」，現在回想，說這話時不過四十來歲。有這種悟力，大約也早已是個老靈魂。而我自己，是上五十歲之後，才真正明白，並且有能力在生活中看到實證。

大約是最近五年裡，就一直在所有不相關的範圍內看到相通之處，在不搭嘎的人事裡見到一以貫之之處。年紀這樣大之後，整體世界像被什麼人抓住了頭使勁一抖，忽然一切都條理分明起來。

對「性」的看法也是這樣。而年輕時沒有能力明白。

前面提的書，兩位作者，分別是四十歲的日本女作家，和六十八歲的法國女作家。年輕的女作家在接近四十歲時，厭倦了婚姻生活，開始到處跟人上床。似乎把性開放當作了女性自主的宣示。而年老的女作家則在情人過世之後，提筆回顧兩人之間牽扯五十年的婚外情。

兩本書裡，兩位女性描寫的感情故事，居然性比愛多，通篇都是鹹濕畫面。要不尊重的說，真像文字版的A片。實在是……我不是反對性描寫，而是，總覺得「性」這檔事不該被「簡化」成這樣。

關於性，西方經歷了從禁忌到解放，又從解放到節制，正好橫跨了二十世紀的六〇到八〇年代。從性開放到性節制，據說是因為愛滋病。這個世紀絕症剛出現的時候，被目為對於性革命的天譴。但是，並不像某些革命路線，在「性」的道路上，愛滋病沒有讓世界「倒退三十年」。雖然有得絕症的危險，該開放的依舊開放，不開放的，也依舊開放不了。

顯然，性是一條不歸路，上了路便無法退轉，只能勇往向前。這無論對於個人，或對於群體，都是一樣的。

我個人看法，覺得「性」在人類歷史中，其實一直都滿「開放」的。不管古今中外，性的淫亂或花招百出，一直都存在。我們現在已知的，跟性相關的藝術或技術，事實上性保守的古人都知道，也都身體力行過。講實話，現代人，在性上頭，恐怕沒有什麼能讓老古人驚奇的。反倒是古籍裡，一大堆匪夷所思的性知識。像《素女經》裡專門探討如何用性行為來「強身」（男女都適用）這件事，現代醫學，無論中外，似乎還沒有任何人研究過。

誇張點說，我們現代人性開放的程度可能大不如古人。看《金瓶梅》、《醒世姻緣》裡的性場面，那麼樣的就事論事，簡單家常，無論三P四P，都行若無事，簡直跟吃飯一樣；就知道古人顯然完全不需要看性障礙專科。

而古人與今人之不同，是古人不大要說出來。性革命的勇猛之處（或愚蠢之處），便是把這些事拉到了檯面上。以前的人只要做就好，現在的人不但要做，還要說出來，還要表態，還要暢談，否則便不夠現代。鑑於「說」向來是比「做」要容易許多，我懷疑現代人的性能量可能都用兩片嘴皮給打發了，無怪近代許多無性夫妻無性情侶。關於「性」，真正革命性的倒是這一點，太多的性，其實已經讓人無性了。

「性」跟死亡一樣，在人類歷史中成為禁忌，是近代的事。過去的人比現在的人了解死亡。不像現代，處理「死亡」變成專門技術，一般人距離這件事極為遙遠。而同樣的，「性是一種快感」的概念，恐怕也是近代發展出來的。至少兩、三百年前，所有的女孩子結婚之前，母親們都會告誡女兒：「要忍受那件事」。那時候，性是婚姻中最不需要的項目，傳宗接代之後就可以束諸高閣。女人如果居然能夠享受性，必然腦袋或者身子有問題。這或許是過去的女人比較能夠容忍男人娶妾的道理，因為最麻煩的「工作」，可以交給地位比較低的妾去負責。中國歷史上最著名的兩位賢妻，一是芸娘，一是李清照，都有過為丈夫娶妾的念頭。我絕不相信兩位才女「大婦肚裡好撐船」，八成只是對那檔事沒興趣，想找人「代工」而已。

我猜古早時期沒有人知道女人的情慾比男人要多面相和複雜。男人不知道，女人知道可是不說出來。

男人的性很單純。大約十年前，臺灣出了本書名落落長，但是內容輕薄短小的書——《我沒有啊——男人不想女人知道的事》（*What Men Don't Won't Women to Know-The Secret, the Lies,the Unspoken Truth*），這本書由兩位男性叛徒「Smith and Doe」冒著被全世界男性追殺的危險，披肝瀝膽，呈獻給全體女性。書的內容就如同書名，主要是「祕密，謊言，不能說出口的真相」。而男人那些祕密，謊言，以及不能說的真相，在面對女人的時候，幾乎百分之百跟性有關。關於男人的性，「史密斯和杜」告訴我們，只有「上膛」和「開槍」兩個階段。

一般而言，男人永遠在「上膛」階段，那時候他們滿腦門子的性。但是只要「開槍」完畢，就算是性侵害慣犯，此時也會純潔如天使，一點壞念頭也沒有。直到再度「上膛」為止。而從「開槍」到「上膛」，年紀越大，需要的時間越長。

所以說，還是年紀大一點的男人可愛，比較把女人當「人」看，多數時候他們都腦清目明。不過這可能也是年紀大的男人比較不浪漫的緣故，因為多數時候他不需要妳。

總之，因為男人的性非常單純，就起落兩個階段，而且還相當容易「起」（視年紀），偶爾也相當容易「落」（也視年紀），我認為造成他們對於女性的一些誤解。現代男人多半都受過女性節目和女性雜誌的教育，知道女人家的性沒有那樣簡單，但是我猜想從前的，大約徐志摩時代的男人，恐怕對於女性情慾的理解，用的是「將心比心」法。因為他見到隔壁的俏寡婦小白菜馬上就「上膛」，因此「推己及人」，老婆要不小心看見別的男人，八成也就馬上會在腦門裡演起春宮長卷。因此，只要老婆還長著一雙眼睛，家門外還有別的男人，就等同於「遲早會戴綠帽子」。為了不要替別人養孩子，最省心的方法，就是別讓女人有機會感受到性快感。

名模華芮絲．狄麗（Waris Dirie）的自傳體小說《沙漠之花》（*Desert Flower*）最近也拍成電影。這本書最聳動的部分就是「女性割禮」。

華芮絲．狄麗是索馬利亞人。索馬利亞是非洲的游牧民族。這個族出長人，簡直就沒有胖子。不論男女都長手長腳，亭亭玉立。習慣了在非洲廣闊的天空下行走，舉止非常優雅天然。但是這個美麗的種族卻有給女孩子行割禮的習俗。

華芮絲的書裡是這樣寫的：

在我們的游牧文化中，未婚婦女是沒有地位的，因此凡是做母親的都把嫁女兒視為重責大任。索馬利亞人傳統的思想認為女子兩腿的中間有些壞東西，婦女應該把這些東西（陰蒂、小陰脣和大部分大陰脣）割去，然後把傷口縫起來，讓整個陰部只留下一個小孔和一道疤。婦女如不這樣封鎖陰部，就會給視為骯髒、淫蕩，不宜迎娶。

索馬利亞女人施行割禮，從前是在初經之後，確定當事人已經性成熟。但是現在時間逐漸提早。華芮絲自己的割禮，是在五歲上下發生的。母親帶著她去動了這個手術。跟過去中國的纏足一樣，往往是深受其害的上一代婦女，負責把這種痛苦施之於下一代身上。因為不這樣做，女兒嫁不出去。

有時候忍不住想，「嫁不出去」這件事可能成為女性的深層制約了。過去女性怕嫁不出去，是因為不依附丈夫便沒有社會地位，甚至無法生活。但是現在許多女孩子可以養活自己，受過高等教育，有自主能力，但是她們的母親依舊在擔心女兒嫁不出去，而也有許多女孩因為害怕嫁不出去，讓自己的終身所託非人。

我絕不是鼓勵獨身。我覺得婚姻，或者有伴侶的人生，是每個人應該經歷的。沒有比婚姻或愛情更能夠徹底改變一個人了。越慘痛的，「力量」越大。我對任何人都想說：「當然要結婚（或同居）！」不過，明白自己有「不結婚的能力（和自由）」，或許在面對「婚姻」這檔事的時候，腦袋會比較清楚。

索馬利亞人要給女孩子行割禮，自然是為了避免戴綠帽子。誤以為用隔絕女性對性愉悅的感受力，可以保持貞潔。這其實大大錯誤。女性的性愉悅，時常並不與性接觸絕對有關。《海蒂報告》裡就有過純粹思想便達到欲仙欲死境界的例子。男人的性器官或許在胯下，女人則在腦袋裡。過去十八、十九世紀，西方女人隨身帶嗅鹽，一搞便昏死過去，據說跟自發性高潮多少有關係，不完全是因為束腰太緊。而事實上，無論多麼喜歡性的女人，如果啟動不了她腦袋裡的性感帶，也是會在床上變成死魚一條的。

男人的性因為純官能，沒有複雜性，所以無法體會。於女性，性之所以千變萬化，不單跟「腦部活動」有關，也跟女性的身體變化有關。

俗話「女大十八變」，一般都認為是指黃毛丫頭變美女。但是這句話裡其實更深層的指涉，講的就是女性的身體變化。

每個女人一生中，至少有三階段的明顯變化。一是由孩童成為少女，一是成為母親，另一個是三十歲之後的性成熟。這三階段都跟賀爾蒙的分泌有關。有些女性沒有及時成為母親，但是每個月的經期，事實上是未完成的懷孕，對於生理影響，或許不像懷孕期那樣強大明顯，但依然存在。

而女性在三十歲後的性成熟，甚至許多女性自己都不明白。如果一直沒有被開發，可能自己都不理解已經換了一個身體。我時常勸男性朋友，不要急著外遇，老婆養到三十來歲，事實上已經成為另一個女人。如果雙方可以坦承相對，她此時的性反應很可能讓你目瞪口呆的。

《羅麗泰》因為「色情」和背德而被禁。納布可夫自己評論這件事說：「在古代歐洲，直到十八世紀，喜劇、諷刺作品、甚至一個詩人在俏皮嬉玩情緒中的出品，都故意含有淫蕩的成分。在今日，『色情文學』此詞的含義則是平庸，商業化。」他覺得真正文學藝術的描寫，應與簡單直接的描述分得清楚。顯然對於自己被歸類為「色情文學」忿忿不平，他說：「低級色情小說中的動作都只限於陳詞濫調的交媾；好像是說，作品不應用風格、結構，意象來分散讀者的淫情。」

所以性描寫最忌直來直往。那種紀錄片式的風格，越是鉅細靡遺，越是讓人發膩。寫情慾不是大膽就好。我個人覺得：寫情慾要寫到與生命連結，而不是與肉體連結。如果對於性的認知只在交歡層次，我覺得是浪費了某些知覺，也浪費了性。或許因為女性在性上面受到的壓抑比男性多，也可能是女性在性上頭的感受比男性要複雜。近年來，無論國內國外，對於性書寫勇於嘗試的，好像女性比男性多。寫情慾，男性作家寫得最好的，我覺得還是亨利．米勒。他寫性不是在寫色情，而實際是在寫女體。我覺得他的性描寫有一種敬畏，是同時對於女性於歡愉的感受力的好奇，與自己能給予這種歡樂的敬畏。女性作家則最好的是葉利尼克。葉利尼克的《鋼琴教師》拍過電影。她筆下的性必定與各種情緒連結，任何一個接觸都絕不是單純的。而沒有情緒感受便沒有性的快樂與痛苦。兩名性別各異的作家，在性書寫上的態度，其實正好呈現男女「性」的不同。在男人，是外在行為，在女人，是內在運作。

觀影

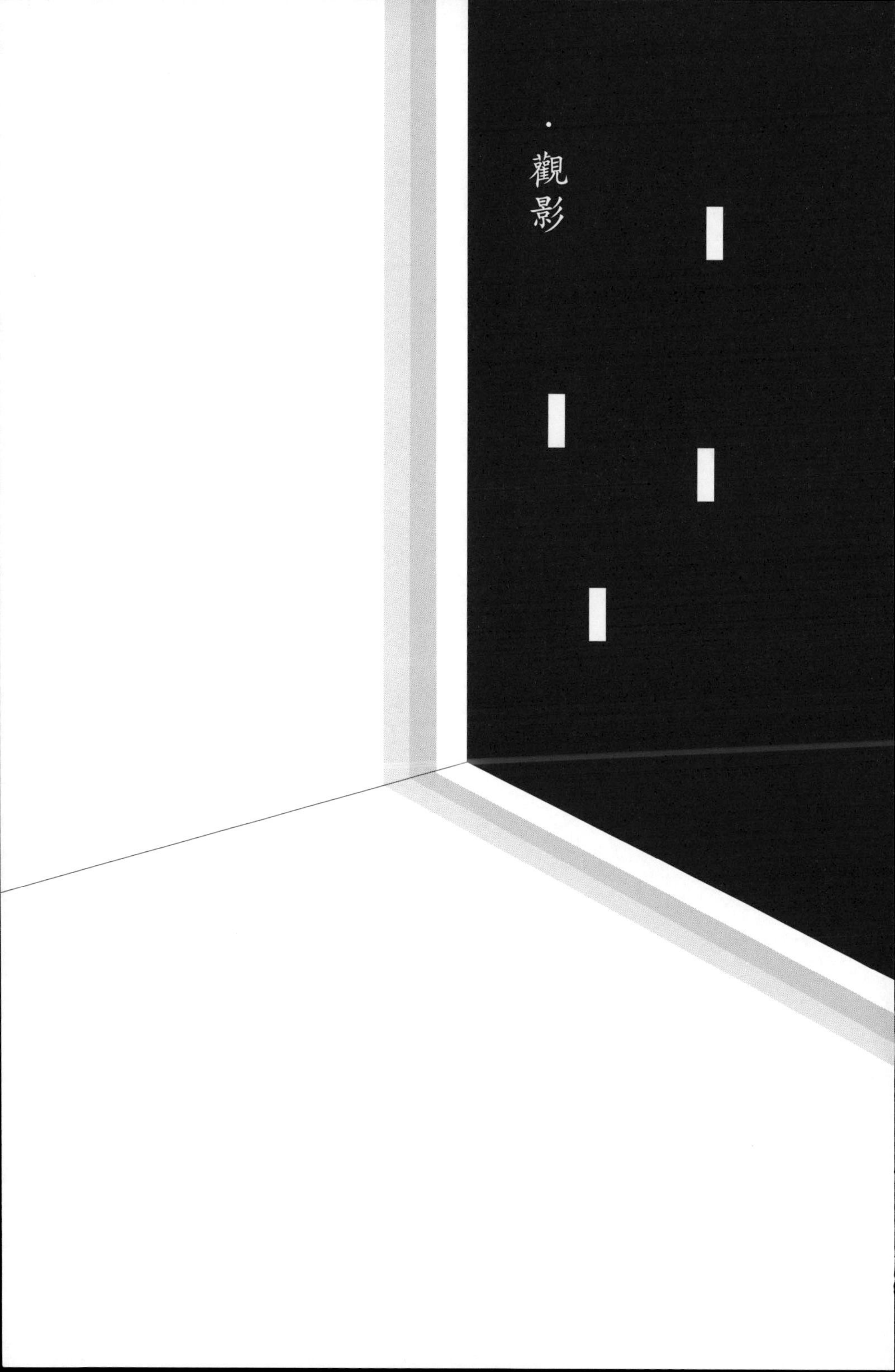

赤裸

大概十年前，跟文友相聚，有一位女作家說要約大家來拍裸照。要先說明，當年紅極一時的這位女作家年紀比我輕，外貌或身材都堪稱美麗。當時聽到了這樣驚世之語，敝人因為種種原因，立即找藉口退席，非常擔心會被她列入邀請名單中，或者竟然完全不被列入邀請名單中……說實話，兩種情況都讓人很為難的。

會出現這種言論，大概因為那天的聚會是純女性的場合，內中尚有一名女攝影師，剛替某女星出了寫真集，讓其人由黑翻紅。女人對女人也是有好奇心的，尤其是「事主」並不在場，於是女攝影師拍寫真的種種獨門密技便成了提味之物，讓大家伴著酒菜一起下了肚，可能也下了心，當女攝影師說任何女人她都可以拍出魅力來。不管身材，不管容貌。女作家便提出了拍裸照的動議。

這麼多年以後，我才體會到女攝影師對人體的看法。赤裸的人體，對她來說，可能是一視同仁的。她拍黑白照。可能人體上的光影變化，線條，要比三圍的均衡比例要更有趣。對她而言，可能裸照並不赤裸，反而相對豐富異常。

而女作家要邀大家拍裸照，用意其實很簡單。她說：年紀越來越大，為什麼不趁還能看的時候留個紀念呢。

覺得這是奇妙的想法。如果是要保存自己「好看的時候」，那無論如何都無法比年輕時好看的，但是年輕的時候……我們那一代人年輕的時候，裸體是大不韙，連注視自己的裸體都覺得不道德，何況讓別人注視。這大約就是自命前衛者要用拍裸照來標示自己的原因，那好像比殺人放火更能顯示自己的反社會性。而過去，搞藝術的，如果不帶點反社會的反骨，那幾乎就等於證明了自己缺乏個性。

所以，我猜有不少文藝青年年輕時拍過團體裸照。多半在戶外，剛游泳完，於是站在溪水邊岩石旁，全體笑呵呵的，或站或坐，讓太陽照著年輕的裸體。這是男性專利，我沒聽說過一群女人家出遊然後集體來張裸照的。可能女性展露身體的慾望一直被壓抑吧。但是女權高漲之後，尤其是女性拍寫真成為常態之後，拍裸照忽然不那麼誨盜誨淫了，而且，憑良心說，有些寫真集還拍得怪美的。所以：「能看的時候，留個紀念。」想把自己的美留下來，其實無可厚非。然而這句話裡牽涉到一個「觀者」。那可能不是任何人，也可能是任何人，重點是，所有的美似乎都需要有觀眾，如果不能在下意識裡隱隱自覺著某個他人的視線，赤裸這檔事可能是枯燥乏味的。

巴西導演赫克托．巴本科（Hector Babenco）二〇〇三年拍了部電影叫《卡蘭迪魯》（*Carandiru*）。「卡蘭迪魯」是拉丁美洲最大的監獄。一九九二年發生大規模暴動，警方暴力鎮壓，死了一百一十二名犯人。赫克托．巴本科拍的就是這段事實。影片最震撼的畫面就是暴動過後，鎮暴部隊要所有存活的犯人到廣場上集合，「把衣服脫掉！完全脫掉！」那群人類便赤裸著被驅趕到廣場上，除了他們自己，一無所有，一起坐在地上。

完全赤裸的時候，一個人和另一個人，有什麼差別呢？

同樣的外貌，同樣的肉體。那藉以辨識的，使我們個別化的，衣著，隨身物品；使我們看上去突出或低調，宣示著我們是某類人的那些物質，被剝落之後，我們看上去與任何其他人有什麼不同呢？

沒有什麼不同。

赤裸一向是污辱人的方式。但，偶然也會成為讚美人的方式。

在這裡赤裸是侮辱，穿衣的人站在不穿衣的人面前，於是便高他一等。

就像納粹殺猶太人，所有人，不分男女老少，被逼脫光衣物，赤條條一個個排著隊，進入煤氣室。在這裡赤裸是階級，穿衣的人活，赤裸的人死。

我寫過一個小短篇，關於男人嫖妓的故事。我當然沒有嫖妓的經驗，我也不必有殺人的經驗，人世間到處都是故事。我只要聽故事就好。

我跟我的男性朋友們談的話題好像不容易在一般人之間發生。大概因為我是作家和編劇，所以一些祕密和故事流到我這裡，再從我這裡流出去，大家都很相信必定會經過變造。就算其實沒變造，還是會被相信是變造過的。

所以，對我說故事的人，跟他的故事一樣自由。

這個故事裡，男主角一天嫖了三次。他的第一個對象完全是騙局。他經歷了完整的被西門町「三七仔」拉進暗巷然後付錢，然後推進小房間的過程。

雖然三七仔吹得天花亂墜，被送進屋裡來讓他挑選的都是殘花敗柳。他勉強選了個看上去面無表情的女人，然後在房間裡感受到那女人全部的悲慘卑微屈辱和自厭的情緒。結果他不舉。因為先付了錢，三七仔「商品包退」，送來了另一名妓女。

這女人很是敬業，所有招呼客人的程式都做到十足十，太過熟練和公式化，因此便十足十的假。那虛假使得男人難受，有點像被一個超巨大保險套整頭整臉套住，看得到外頭的一切，但是什麼也接觸不到。接觸到的不過是保險套的橡膠透明的質感，一切一切，隔了一層。所以這男人，又不舉了。

三七仔不願意退錢，於是又送來了第三個。

這第三個女孩，留了一頭披肩長頭髮，進門便脫下了全身衣物，然後赤裸的站在旅館裡那簡陋的化妝臺前梳她的長髮。這女人很寶愛她的頭髮，梳了半天，用髮箍夾起來。男人躺在床上看她。

這女人全裸的，非常自在的，專心的梳她的頭髮。那動作裡似乎有很明亮和正常的什麼。而且女人梳髮的動作是很美麗的，尤其是垂直的長長黑髮，尤其是全裸著潔白的身體的時候。男人覺得她很漂亮，就說：你好漂亮。這小妓女開心的回過頭來說：「謝謝。」

因為這女人是那樣簡單而且歡喜的，開朗的接受他。雖然是妓女。不過看著她梳髮的那一段時間，他覺得自己愛上她了。

赤裸也可以是愛。在一個「他人」面前，無懼和無防的暴露自己，排除那些挑逗性，排除引誘，排除羞澀，只是坦然和明亮的暴露自己，那要很大的自信和自愛。

這女孩就有這樣正面的心態。她把她的職業轉化成了撫慰。

不管她是不是這樣看自己，我聽了這故事，便覺得不敢輕視她。

《卡蘭迪魯》裡有一對乖訛的情侶。「女」的極高大，男的極瘦小。「女」的其實是變性者，然而很美，很柔媚。男人是長得像蟑螂似的，醜陋平常的男人。但是他去愛了這個變性者，看到了那怪異外在裡頭的，婉轉的女人心。

後來兩個人在監獄裡結了婚。

這是《卡蘭迪魯》裡唯一的真正純情之愛。發生在這樣奇怪的，不搭的組合身上。

如果是俊男美女，會覺得那樣愛是理所當然的，會自然的覺得那愛情浪漫美麗。但是發生在「怪物」身上，那浪漫美麗似乎更純粹。

因為「容器」的醜陋，那盛載的內容於是便只剩下自己，全然赤裸的，單純的只是美麗。

野草

法國導演阿倫・雷奈（Alain Resnais）出生於一九二二年。八十六歲時拍了《野草》（*Les Heres folles*, 2009）。片子一開頭就是一堆在馬路上行走的腳。在眾腳之中，鏡頭聚焦於一雙女人的腳。並不像好萊塢影片那樣，連帶著線條漂亮的小腿，行走搖曳生姿，而只是長褲遮蓋下的一雙腳；黑色長褲，黑色絲襪，黑色高跟鞋。之後講述者的旁白出現：「她有一雙非比尋常的腳，正因如此，一般的腳去的地方應付不了她。」

這女人要去鞋店買鞋。這樣的敘述不是電影，是文學了。很可能就是小說作者Christian Gailly 的原句。這敘述裡有一種看待人生的觀點，如果把每個剎那作為整體人生的某個中點來看，任何尋常事其中都有前因後果。而簡單如購物也有某種思想性，有當事人的性格。而牽涉到想法與個性，便牽涉到命運。

在《野草》中正是如此，一個非常簡單的，平淡，甚至乏味的，念頭，和決定，某些時候也能顛覆整個人生。

《野草》的ＤＶＤ封面是一男一女站在綠色草原上，小腿以下完全埋在草裡。男人正面向前，腦袋是一大叢向上雜生的草，那怒張的，長得參差不齊的草完全不可控制；而背對畫面的女人，頭上卻頂了個紅色大果子。近似橘紅的那顆腦袋，毫無動靜，不言不語，卻彷彿在誘發什麼，或許便是在誘發男人腦袋上的雜草。

原本不知道是雷奈的影片。只是因為這個封面，才買下來。擱了半年，最近拿出來看，結果大為驚豔。之後發現是雷奈八十六歲的作品，越發有了興味。年紀大了之後，我開始對於別人的年紀非常感興趣。只要看到了喜歡的作品，就很想知道作者是在哪個年歲創作的。尤其是年紀比我大的，那些前行者，如果依舊活著，甚至依舊創造力旺盛，我便很好奇他們是如何思想，並以何種姿態表達自己的。

近些年對於年輕人的東西無法有真正的興趣，大略跟這一點有關。總覺得年輕人或許才華迸現，但是似乎缺乏厚度。無論是小說或電影，看的時候往往被驚嚇：有時候是創作者的駭人經驗，有時候是創作者的駭人念頭。但是被「嚇」過之後，就覺得一切結束，無跡可尋。

《全面啟動》上片的時候一家人去看，在電影院裡就被「嚇」得不可收拾，覺得簡直是曠古奇片，導演是曠古奇才。滿心相信這部片是百年來最偉大影片。但是最近重看DVD（上市之前早已期待很久了），忽然發現完全索然無味。對自己的「變心」非常不解，當時看電影那種傾心之感，那種完全被臣服，五體投地不能言語的感受哪裡去了？後來是聰明人幫我解了惑。《全面啟動》某方面來說是推理片。所以謎底解開之後，片子便失去趣味。

《全面啟動》因此便被我定義成「奇觀」片，沒看過的人一定要去看，看過的人不必再看第二次。仔細想想，諾蘭（Christopher Nolan）的影片都有這種特性，包括兩部蝙蝠俠，和他的揚名之作《記憶拼圖》（*Memento*）。他雖然是了不起的導演，不過生之況味還沒沁到他的影片裡去。白一點來說，就是他的影片欠一點餘味，經不起細讀精讀。

雷奈最知名的作品應當是瑪格麗特・莒哈絲（Marguerite Duras）的《廣島之戀》。

非常非常久遠以前，看了一堆非常非常古早的「劇場」雜誌，裡頭對雷奈便推崇備至。但是我竟從來沒看過他任何影片。雷奈在臺灣也沒紅過（不像侯麥），好像沒幾部片曾經上過院線。總之這部片是我與八十六歲的老導演第一次相見，看到一個人八十多歲了，依然還這樣生意盎然，真是感動哇。

影片很簡單，男主角撿到了女主角的錢包。錢包裡有女主角的證件，有她的照片，和飛行證。女主角的閒暇活動是開飛機。而男主角是一個一直對飛行感興趣，卻被羈絆在地面的男人。

所以撿起錢包便成為一個與命運連線的動作。男主角撿了錢包，送交警方。警方通知女主角來領取。錢包主人打電話向撿到錢包的人道謝。之後，這個路不拾遺的好人開始騷擾女主角。

這一切的起因往往只是某些胡思亂想。別人的行為忽然撳到了我們的某些情緒開關，遐想便開始不可收拾。有時甚至不理解我們要的是什麼，只是針對別人的行為和言語的反應。這種思想和情緒的蔓生，無目標，無理性，正像野草。

電影裡，男女主角都是有年紀的，有年紀可能是大膽的原因，因為不會有什麼東西可以失去。法國片裡的熟男熟女，與美國影片裡的，正好呈現兩種價值觀。美國影片裡的大齡男女都還拚命表現性魅力，以能不能吸引人上床來衡量自己的價值，這種老年，美成什麼樣子，我覺得都很可悲。但是法語片裡的老年風景卻很優雅。《野草》中男女主角都很美，帶著鬆弛與皺紋，但是其美感在格調，在對於自己歲數的漠視。影片中，男主角很理直氣壯的要求女主角愛他，其無賴和蠻橫，幾乎像青春期少男，卻又不是急切。給我感覺，這種老年期的愛，有種向人生求取代價的意味。活了一輩子，終於確定自己是值得被愛的，因之便要求得心安理得。

我的朋友，父親過世後把寡母接來一起生活。他告訴我一段黃昏之戀的故事。男女主角都已過八十。

最初是公司裡聚會，某個同事把老父親帶來參加。老先生挺硬朗，腦清目明，雖然歲數大，動作有些遲緩，人很開朗。

老年人真開朗不容易。這是一個在自己生命裡看到收穫而不是失去的人。朋友的母親正好相反，一生都是家庭主婦。以丈夫為天，丈夫過世之後，她的無著落可以想像。原本就是比較閉塞的性格，這時更難以化解，來日不多的這段生命於她忽然很痛苦，她成天嚷著想去死。現在看，大約跟老年憂鬱症有些關係。

他母親最近才因為結石開刀，老先生正好剛治療了同樣的毛病，因此便想請老先生跟母親談一談，化解母親的情緒不安。兩個人通電話通了三個月。每天晚上，同樣時間，老先生都會打電話來跟老太太說話。其實時間不長，五、六分鐘而已，但似乎比兒女的孝敬或陪伴，都更能讓母親安定。

後來便安排兩老見面。

約在某個百貨中心。朋友開車送母親去，兩位拄拐棍的老人家見面之後，老先生就跟朋友說：「我帶她去轉轉。」朋友答應了。把母親交給老先生便回了家。他說在離開時看了一眼，老先生一手牽住母親的手，兩個人一人一個拐杖，互相扶持，慢慢的往電梯方向走去。他立時眼淚奪眶而出。

他那時看到的可能是人生最美的景象。老年人的相愛，跟孩童一樣，是不帶條件不帶要求的。當然，事實上也無法有條件和要求，但或許正是因為必須屏棄那些，反倒是最純粹的感情，獨獨因為同樣是人，同樣經過了人生，同樣要前往最終之地，便因此而貼近，而兩心相印。

知道該何時放手

最近看了部影片，是茱迪．丹契（Judi Dench）在二〇〇四年拍攝的《等愛的女人》（*Ladies in Lavender*）。

我很喜歡茱迪．丹契，覺得她是了不起的女人。我總覺得了不起的女人好像比了不起的男人多。大約是男人理當該偉大了不起大開大闔不與女人一般見識……但是這樣的男人現在好像不多了，也說不定是因為人類歷史中男人的「發展」已經到了頂點，所以只剩下坡路好走。不像女人正在往上爬。相同的事，女人做出來就特別顯眼，有分量。男人如果偉大了不起大開大闔不與女人一般見識，總覺得那是應當的，但是來個女人不與男人一般見識大開大闔了不起偉大……，就立刻出人頭地。

茱迪・丹契就有這樣的氣勢。她今年七十五歲，依然活躍在舞臺上。一九九八年演《莎翁情史》（*Shakespeare in Love*）裡的伊莉莎白女皇得了奧斯卡獎。

我有一張幾年前發行的音樂錄影帶，是百老匯群星向製作人致敬的，片子裡收錄許多紅極一時的音樂劇選曲。茱迪・丹契在裡頭演唱了一首〈小丑進場〉（Send In The Clown）。茱迪・丹契進場的時候簡直不能看，穿著低胸露肩且貼身的禮服，非常肥，所有的肉都鬆垮垮垂在身上，那麼明顯的一個惡醜老的女人，但是她用嘶啞的嗓音開始唱〈小丑出場〉。

這首曲子是音樂劇《小夜曲》（*A Little Night Music*）的插曲，在女主角年華老去示愛被拒之時唱出來。而茱迪・丹契的演唱破碎而動情，她不是美聲，然而情緒與旋律結合得那樣完整，全場動容。在聽她詮釋這首曲子的時候，她的外型替她加分，就是要那樣敗壞到極點的肉身，才襯托得出這曲子的蒼涼，和力量。無論發生了什麼，生命總必須繼續。

《小丑出場》的歌詞含義很深。馬戲團裡，無論發生了多麼難以承受之事，小丑總是會出場，帶著笑臉出場。

我在網路上看到她年輕時的照片，天吶驚世駭俗！似乎是舞臺劇或影片的劇照，總之，年輕的茱迪．丹契非常豔麗，上身全裸，披散著長髮。那年輕的臉孔年輕的身體……我認識這個演員的時候她已經是老太太，雖然這麼些年來，似乎也沒更老到哪裡去，但是「目擊」到眼下這個衰敗和老邁的軀體曾經那樣美麗過，不知道為什麼，覺得驚嚇。不是被目前的老醜驚嚇，反倒是被年輕時的美。或許是因為一直接受她目前的狀態，目前的模樣，而且又覺到她那種獨特的，透過皮貌散發出來的有力量的美，對於她曾經那樣俗麗便感到驚嚇。

《等愛的女人》原名是「Ladies in Lavender」，大約因為薰衣草的花語是「等待愛情」，所以片名被翻譯成這樣，事實上很難講片子裡的女人算不算在「等愛」。

兩個主要角色是茱迪．丹契和 Maggie Smith。一對超過七十歲的老姊妹。

茱迪．丹契實在是了不起的演員，她演任何角色都毫不落痕跡，自然天成。這部片裡她演一個羞怯的，懷抱少女情懷的老太太。她扮演英國女王時霸氣凌人，在本片裡完全相反，是收斂近乎天真的感覺，那樣的老太太，你完全可以明白她是像張愛玲〈炎櫻語錄〉裡說的無花果。她的花畏縮在果心裡，從來沒有開過。

對那種演技非常強的人類，我總是感到好奇。有時候覺得身為演員是一個快速成長的職業。真正優秀的演員，一定是透澈了解他的角色的。成為不同的人，比做任何事都更需要寬闊開敞的心量。你要懂得你「成為」的那個人，不論他是英雄或是混蛋，懂得他整個的思維邏輯，並且認同他。在歷經了「演出」過的這一段人生之後，返回來再做自己，至少會深澈的明白一件事吧。就是：你不能理解那個人的內心，便不能理解他的行為。而對於行為，我們或許可以做的唯是噤聲。「若知其情，哀矜而勿喜」，如此而已。

故事發生在一九三〇年。兩姊妹住在海灘邊，海浪帶來了一個年輕男孩。兩人像撿到了寶物一樣的，把他帶回家來。這年輕人是外國人，跟兩姊妹語言不通。兩個人像是得到了新玩具一樣的對待他。爭著去照顧他伺候他。

女人愛的方式似乎就是照顧和伺候，透過餵他食物幫他鋪床疊被以他的愛好為愛好以他的喜樂為喜樂……來擁有他。女人愛起來總想與對象融合，一種表面上依順實則侵略性十足的做法。幾乎所有女人都有一種本能，就是愛一個男人的時候，就設法讓他無能化。不是說讓他變成廢物，只是設法讓他依賴自己。或者在生活上，或者在心理上，或者是用麥芽糖似的依賴去讓男人「反依賴」。

影片裡，很明顯，兩姊妹也正在發動讓這男人「無能化」的機制，他們給他吃給他睡幫他買衣服，把他像芭比娃娃……不，肯尼娃娃一樣的照顧著。有一天，知道了這男人喜歡音樂，為了娛樂他，兩姊妹請自己的朋友來為他演奏小提琴。

這個鄉村小提琴手疙疙瘩瘩的演奏完之後，「海灘男孩」（就是海灘上撿來的這男孩啦）把小提琴拿過來，開始演奏同樣的樂曲。那很明顯的，超出前者高度甚多的演奏，立刻顯示出這男孩子跟她們，「不是同一國」的。

雖然「人生而平等」是美國獨立宣言裡非常重要的一句話，不過人生的真相其實是：「人是不平等的」。

以前林語堂某個長篇（我忘記書名），一開場就是兩百公分高的英挺男主角對著顯然他必須俯視的某人說：「如果你必須抬頭才能跟我說話，那我就不能說你和我是平等的。」

總之，人生裡總是會碰到一些人物，一見就知道非我族類，再愛他也沒辦法，再依順他也沒辦法，再犧牲奉獻也沒辦法，再管制他也沒有辦法……他或許是我們的情人，伴侶，兄弟，子女，朋友，同事，生命裡出現又消逝的閃光……總之，非我族類，距離我們太遠太遠，遠到我們無法和他們對話。遠到我們其實並不會說他們的話語。

人的「智」，「愚」，「賢」，「不肖」，其實是顯示在我們能不能懂得適時放手，能不能忍受承擔這個「放手」。

不肯「放手」造成的悲劇，或笑話，其實到處都看的到哇。

並不僅僅在男女感情之間。

在社會上，在工作上，在家庭裡，在朋友關係，甚至，在馬路上塞車的時候……

在影片裡，後來，這個男人就離開了。

有些人對於我們是生命中的鹽，讓我們的人生有滋味，但是不能拿他當正餐。

我們承擔不起。

傻女力量大

影片《求愛女王》（*All About Steve*）裡，女主角瑪麗穿著高筒紅雨鞋，短裙，披著長風衣，拿著一把雨傘，追著男主角史帝夫到處跑。因為她相信史帝夫是她的真命天子，至於為什麼相信，理由也很簡單，她在生活裡看到了徵兆。

這部影片的原型，自然是所謂的「傻妞」。四十年前，莎莉．麥克琳出演過在精神上完全類同的角色，就是《生命的旋律》（*Sweet Charity*）裡的雪莉。雪莉和瑪麗都是愛起男人來完全一廂情願義無反顧，兼且無怨無悔的女性。而雪莉和瑪麗，也在更早的年代有個源頭，那是費里尼一九五四年的影片，《大路》（*La Strada*）裡的吉蘇密娜。

吉蘇密娜，雪莉，瑪麗，三個年代的這三個女人，共通的一點就是：都傻。雖然傻的「方向」不同，態度不同，但是面對感情，她們都只有單一面向，就是一味的付出。吉蘇密娜的付出最慘烈，直接是她整個人生和性命，但她也因此成為三個人裡最讓人心痛心疼和心動的角色。

《大路》被評議為「偉大到發亮」的影片。這部片年代久遠，可能看過的人不多，可是真正的偉大是永恆的。這部影片我任何時候看，幾乎都會湧起相同的感動。

吉蘇密娜因為家貧，被父母賣給走江湖的雜耍藝人桑巴諾。她跟隨桑巴諾，同時是女僕，小工，表演夥伴，和床頭人。桑巴諾並不珍惜她，非打即罵，但是吉蘇密娜只是沒頭沒腦的愛他。這樣黃金般珍貴的感情，桑巴諾無知無覺，最後吉蘇密娜重病垂亡，桑巴諾的做法是直接把她就地扔棄，繼續走江湖。要到許多年後，桑巴諾年老，窮病交加，才想起吉蘇密娜的好。片尾桑巴諾一個人在海邊大哭的那場戲，其「劇力萬鈞」，絕對不輸耗資上億的《阿凡達》（*Avatar*）。

我敘述簡單，好像傳達不出這部片那種發亮的偉大。但是桑巴諾的懺悔真正是力道十足，在他痛哭的時候，我想任何人都不免要思想起自己生命中那些單純，平常，完全為自己所忽略的人，或事。會想起自己生命中那些被自己當作沙礫的珠寶，被當作雜草的花朵；會想起被自己辜負過的人，或事。也或許相反的，想起了自己被人辜負的經驗，以及珍珠被當成粉圓的傷痛。但是因為費里尼安排了桑巴諾的痛哭，所以似乎帶給我們某些安慰，願意相信：「總有一天他會明白。」相信自己的付出，在遙遠遙遠的未來，可能遙遠到自己都已經掛了之後，一定還是可以得到「平反」，「那個人一定會終於明白」。

《大路》的偉大當然是因為所談的並不侷限於男女情愛。影片裡的付出與救贖的主題幾乎可以延伸到一切的人類經驗。不過這裡我只取用片中吉蘇密娜這個角色的單純，或說：「傻」。

吉蘇密娜一般都被當作智障，不過我看影片，只覺得她是個老實單純到呆的鄉下女孩子，並不是低能，只是沒學到在愛裡計較。

吉蘇密娜沒受過教育，有可能男導演費里尼沒法相信太聰明的女人能夠有這樣純粹的愛。吉蘇密娜的美好，一大半建立在她是個「傻子」這件事上。

《生命的旋律》原來是百老匯歌舞劇，導演是歌舞片大咖鮑伯・佛西。蔡琴演過的果陀劇場大戲《天使不夜城》，是這齣舞臺劇的臺灣改良版。後來鮑伯・佛西改拍成影片，莎莉・麥克琳出演女主角雪莉。雪莉也一樣有「中文版」，那就是吳君如的《金雞》，跟原影片一樣，中外的女主角都是妓女。

我的某個男性朋友說過：男人夢想中，最理想的女人，其實不是女神而是妓女。妓女的「優點」，是她們完全符合男人需求。既以色相為職業，外貌不會太差，滿足男性的視覺取向，而擁有性技藝，便又滿足了男性重慾的天性，另外，妓女以服侍服從為主，不需要被理解，最後，她們還具有「呼之即來揮之即去」的方便性。有一件事，我個人認為是全世界男性到現在還擺不平的困擾，就是跟女性產生情感關係之後，就沒法「呼之即來揮之即去」。女人好像不明白，男人這個狀態跟愛不愛無關，他們只是時候到了自動切換到「現實模式」。但是因為女人總是把這件事上綱到等於「愛」（或「不愛」），搞得他們模式有點當機了，完全不知道兩情相悅之際，究竟什麼時候才可以請那個女人走開。

如果請教我的話，我的正確答案是：「永遠」不可以叫她走開。她覺得夠了她自己會「切換」，但是萬一是男人開這個口，一定會出事。這肯定是男人不會喜歡，也永遠不會習慣的狀態。所以我們女性或許也可以思考一下，為什麼酒店小姐和妓女對男人來說那麼迷人了。

總之，好萊塢版的「金雞」雪莉，也是同樣沒有什麼成本觀念的女人。她的付出，不是單一對象，是對「男人」這個群類。所有她認識的男人都背叛她欺騙她剝削她利用她，但是雪莉依舊傻呵呵的，從來沒放棄尋找真愛。她屢尋屢敗，屢敗屢尋，一直到片子結束，依舊沒碰到好男人，但也依舊沒喪失對愛情，或者說，對於男人的信心。

雪莉是地母一樣的女人。她的妓女行業也符合「被耕耘」的意象。最重要的是她顯示出一種絕對的寬大和「自體痊癒力」。無論被男人傷害的多麼厲害，她大哭一頓，一覺醒來又是個新人。

同樣是男導演塑造的雪莉，比吉蘇密娜「正常」一點，但仍然是低智女性。顯然中外男人有相同的認知：女人太聰明是壞事的。那種真正的，在男性認知中的女性美德：無條件的包容，無條件的寬諒，絕對的，永遠不會變化的愛；在「聰明女人」身上不會發生。似乎女人愛的能力必然與智商成反比。

但是，傻女第三代的瑪麗，給了我們全新的觀點。

《求愛女王》的導演是男性，但是編劇是女性，製片是女主角珊卓．布拉克自己。

明眼人應該都可以同意這是一部完全由女性主導的「傻女」片。因此很顯然，女人觀點的「傻女」，和男人觀點完全不同。

新一代傻女瑪麗其實並不傻，她有高學歷，高智慧，她的「傻」，與其說是傻，不如說單純，她是女性版的電車男，現代網路社會的標準產物，不到「干物女」的地步，不過絕對是宅女。

瑪麗比「前輩」們幸福太多了。珊卓．布拉克演的這個角色是個讓人煩到爆的人物，她非常聒噪，白目，完全缺乏察言觀色能力，因此而具備強大的不可思議和莫名其妙的自信。她非常自信那個男人是她的，因此興高采烈的去追求，片子結束，她得到了他。

三代傻女中，只有這最新一代的修成正果，不知道是不是意味著女性要比過去強大了，而男性可能比過去脆弱了。也或者，至少，主流意見是這樣看法：如果女人追求得這樣努力，就應該可以「有志者事竟成」，得到她應該得到的那個男性。

商業影片往往是人類集體夢想的映射，吉蘇密娜在五十多年前為男人而死，雪莉在四十多年前不斷被男人拋棄，而瑪麗在現代，得到了她的男人。會不會之後又失去暫且不論，不過，至少顯示，現代女性要比古早時期強悍很多，會開始在感情裡要求「投資報酬率」。

我有時好奇男人不知有沒有想過這個問題：那種兩性文字，不管是男作者或女作者寫的，有可能是一種對於男性的集體洗腦。所謂「新好男人」，其實多少是在指導男人放軟身段，學習溫柔與細膩；簡言之，便是要求男性逐漸往「女性化」傾斜倒去。現代社會的男同性戀者肯定要超過以往的任何世代，我猜想不單是因為同性戀者得到公開表態的權力和自由，也一定跟男人的逐漸陰柔化有關。

傻瓜力量大

全世界最出名的傻瓜，非 Forrest Gump 莫屬。他是《阿甘正傳》的主角。由正當盛年的湯姆．漢克斯主演，所以雖然明擺著有智障，卻相貌堂堂，完全沒有一般概念中智障的愚癡之相。他引領了全世界的慢跑風潮，又代表美國的乒乓球隊打贏中共，因此得到甘乃迪總統的召見。他不小心買了些蘋果，結果「蘋果商」正好是賈伯斯，便又更不小心的賺了大錢。他又有錢又有名又帥又忠心耿耿，唯一缺點大概是他不可能成為任何女人的白馬王子，因為他終身只愛一個人，就是他的青梅竹馬珍妮。生前愛，死後也愛，完全的一個遇缺不補。

阿甘是虛構的人物。他的故事越動人，越證明「傻瓜成功史」是個神話，不可能在任何有身分證字號（或社會保險號碼）的人身上出現。但是真實人生偶爾也會發生非常像是電影的故事。最近，超越阿甘，從日本紅到臺灣的一個傻瓜，叫做木村秋則。他花了三十年種有機蘋果，最後終於成功。

木村秋則之為世人所知，是因為NHK的節目「專家的作風」在二〇〇六年十二月七日的節目裡播出了他和他的蘋果的故事。節目長度不到一小時，播出後卻引起巨大迴響。之能夠這樣，我認為是因為木村秋則這個人，不是因為他的蘋果。

當然木村蘋果也是相當了得。據報導，木村的蘋果不會腐爛，只會逐漸「縮水」，變成蘋果乾（節目裡拍了一顆放了兩年依然完好的蘋果）。他的蘋果不需要任何保鮮或防腐設備，可以存放經年。在日本青森縣他擁有四座果園，每座果園有大約八百棵上下的蘋果樹，每棵樹在結實期間大約有一百顆左右的產量，但是這樣大的數量，依舊供不應求。他直到現在依舊是一人作業，雖然「名滿天下」，但是沒有拿自己的名氣來開「連鎖蘋果園」，甚至也沒有「擴大營業」，始終就守著原有的產業，賣那些數量有限的蘋果。看來似乎很是不符合現代產業的巨大和無限增生的精神，但是木村種蘋果，其實不是農業，而是哲學。

木村的故事和照片可以在網路上找到。他所有照片幾乎都是開口大笑的模樣。如果仔細看，應該可以看出他沒有牙齒。兩排門牙都空了，只剩牙齦。木村的牙齒不是蘋果太甜吃壞的，雖然他的蘋果據說是真的很香甜；是讓黑社會給打掉的。最初只掉一顆。他沒有補，之後因為附近的牙欠缺支撐，才陸續掉光。他的牙已經缺了二十多年，一直靠著上下兩排牙齦咀嚼和磨碎食物。據木村說：牙齦比牙齒還好用。而且因為時常使用，鍛鍊得很強壯，堅硬的食物咬起來也沒有問題。

可以肯定他絕對不會得蛀牙，也絕對沒有牙周病，想必跟牙齒有關的一切毛病他都不會有。這倒也是讓人生簡單的方式，至少他永遠不必上牙醫診所。

木村對待他自己的牙齒，其實態度和他對待他的蘋果一樣，非常的「自然」。他的蘋果園，雜草叢生，小動物，昆蟲，益蟲害蟲通通都有。木村的蘋果其實超過「有機」概念，他不僅不用農藥，也不施肥。只做必要的除蟲和摘花的動作（為了讓蘋果長得更大更好）。他的蘋果非常漂亮，真不比那種施了農藥的蘋果賣相差。他種蘋果的唯一方法，便是信任自然的力量。信任蘋果自己。

萬物有靈這件事，古早時被人類信仰，之後科學掛帥推翻了這個信念，人們開始相信萬物不靈，不過是「有機物」和「無機物」。然而近代，已經有許多人用科學方式證明了這些「有機物」，其實並不那樣無知無感，或許不像人類那樣複雜，但是絕對有其靈性。

木村完全把蘋果當「人」。他一直保持這個態度，所以他的名言裡就出現很多這一類的話語：

「蘋果能長得這麼好，是蘋果自己的努力。」

「我太笨了，連蘋果也受不了，只好結出蘋果來啦。」

他種蘋果的特殊方法之一便是去跟蘋果講話。在蘋果樹被病害侵襲快要死光的時候，他去一棵一棵拜託蘋果樹：「請不要枯萎。請努力活下去。」在早期想發展出代替農藥的殺蟲劑時，他試用各種奇怪的配方，用鹽用醋用辣椒大蒜蔥薑水，甚至山葵、泥土水去噴灑，後來明白這種「幫助」其實是「虐待」的時候，他跑去跟蘋果樹道歉。

看到他故事裡的這部分，不知為什麼，覺得很感動。會感動可能是因為木村那種絕對的純樸，那種對於天地和對於萬物的大信任。用艾克哈特．托勒（Eckhart Tolle）的話來說，便是對於自然的「臣服」。

「臣服」是一種謙卑，明白自己的不足，並且不再抵抗。證嚴法師的法語裡有一句：「捨得，捨得，有捨才有得。」這個「捨」其實便是臣服，是放下，我們在生命裡真正「得到」的時候，往往是完全「放下」之時。

沒有力量比自然的力量更強大。信任自然這件事，我們已經遺忘了很久。人類與自然的關係，最初是共存，之後是設法「克服」，之後發展成「征服」。到了人定勝天階段，人類與自然就勢不兩立了。我們常常忘記我們人類也是自然的一個部分，跟我們的「母體」對立的時候，不被消滅是很不「自然」的。某種角度看天災地變，可以視同大自然在把人類當作「癌症」，不過正在做「化療」而已。

木村種蘋果這件事，或說木村的整個人生，用他自己的話來說，便是：「因為我是傻瓜。」這個「傻瓜」精神，其實完全跟阿甘精神一樣，就是對準目標往前衝。阿甘精神或木村精神很重要的一點是，追隨自己的內心，而不是追隨社會或他人的價值標準。而木村比阿甘更艱難一點，因為他還是「常人」，我們對弱智者的「不正常」有寬容度，對於正常人往往沒有。

我猜想木村領悟到這個道理，所以，他在決定開始用無農藥方式種蘋果之後，就開始向傻瓜之路前進。不補牙齒，也是為了更符合傻瓜形象吧。沒有比不補牙齒（尤其是門牙），更反叛社會制約。表明這個人在社會形象之外，擁有他自己的美醜和健康的標準。

木村和蘋果的奮鬥，在最初十年，完全是一敗塗地，毫無生機。但是他繼續傻下去，一口氣傻了三十年，種出了無農藥的奇蹟蘋果。

「傻瓜之路」的困難，就在於要堅持傻下去。並且還要傻到完全聽不懂別人的嘲笑，或是好心勸他收手的話語。另外還要傻到沒常識。

有個故事是關於大黃蜂的。大黃蜂身體大翅膀小，按照流體力學，這種身體結構絕對不可能飛得起來，但是大黃蜂因為很沒常識，所以就飛了，而且還到處飛來飛去。這個故事時常被拿來激勵人「不要自限」，但是在我看，這實在就是「傻瓜原則」。因為「根本不知道那不可行」，一頭栽下去做，忽然那不可行的就變可行了。

我們有時候會忘記，所謂的「常識」其實是從經驗裡來。經驗是先於常識的。

而且常識有時候會被遺忘。事實上，木村的「無農藥種植法」在古早以前是所有種田人的「常識」。只是我們吃了一百年的農藥「農產品」之後，忘記了古早時代是沒有農藥這種玩意的。

木村喜歡教人：「做傻瓜就好。」他說：「只要實際做做看就知道，沒有比當傻瓜更簡單的事了。」這絕對是真正傻瓜的想法。真相是：其實沒有比做「真正的傻瓜」更難的事了。

假裝傻瓜很容易，社會上這種人還超多的，但是要傻到骨子裡去，傻到表裡合一，甘之如飴，那還真的得天賦異稟。我要承認我實在傻不來，不過，至少我學到要尊敬傻瓜，或許他們都是木村秋則的分身，如果等待得夠久，便一定會在他們身上出現奇蹟。

電影與教育

《暮光之城》（*Twilight*）據說是女性必看的影片。不像《慾望城市》是女人陪女人看，看《暮光之城》要配對的，如果女女同看（就除非她們是同性戀），就一定會產生不幸感，而男女同看，則百分百幸福感，雖然分配不太均：女生幸福感一百，男生幸福感零，不過相加也就滿分了。所以要把妹，一定要陪她去看《暮光之城》。只要在戲院忍受六個小時（可分三期「負擔」。沒那麼困難啦），之後便可以予取予求。

據說女性看完了《暮光之城》都很有獻身慾望，跟片子裡不斷出現的不可思議纏綿景象有關。愛德華和貝拉躺在繁花盛開的草地上，以及在蔥鬱的樹林裡飛來飛去。更為關鍵的，是每次貝拉想獻身，愛德華都會說「我是老派的人」（別忘記他已經活了四百年了），而直接了當的予以拒絕。這大大助長講求主動快速的時代新女性的性焦慮；沒有比「不」更能引誘人去說「Yes，Yes」了。果然「木瓜」之城的賣座不是沒有道理的呀！

像這一類把妹必看的影片，據說還有《鐵達尼號》（*Titanic*），《麥迪遜之橋》（*The Bridges of Madison County*），以及，信不信由你，《致命吸引力》（*Fatal Attraction*）。

這些都是帶給女性安全感的影片。《鐵達尼號》教育男人：為女性而死是男性天職，如果沒結婚之前就死掉，那麼她會永遠愛你（而且你還不必擔心她刷爆你每張信用卡）。傑克之所以那麼迷人，跟李奧納多·狄卡皮歐去演他沒什麼關係，實在是他做到了多數男人做不到的事。而《麥迪遜之橋》則啟示了女人，不管多老多黃臉婆，還是有老帥哥來愛你。並且準備將你從不幸的婚姻中解救出來。對男人的啟示則是，不管你家裡那位多麼糟糠多麼貌不驚人，還是一樣有老花眼男性會設法拐帶她，使得你晚年沒有人幫你洗衣服做早餐盯你吃高血壓藥逼你運動以及在你夜不歸營時全世界通緝你。

而《致命吸引力》的教育意義簡直就比得上哈佛大學，我強力建議所有男女兩性輔導課程都要把這部影片一看二看三看。片子裡不但教育男性不能外遇（看看那位第三者多麼恐怖），也教育女性不用擔心老公外遇（遲早那位第三者會找他麻煩的），更教育第三者，那個跟你外遇的男人如果不肯離婚你可以做些什麼；另外又教育家裡小孩別養寵物，萬一養了小白兔小貓小狗，大有可能會在跟你完全無關的事件裡被放到鍋裡煮熟。總之這是一部充滿教育意義的影片，寓教化於娛樂之中。

當年上片時，因為影評提到片子裡嘲笑「中國製」的雨傘，我以為是搞笑諷刺片，因此全家出動去看。一個半小時的神聖時刻之後，電影院燈亮，無論老伴孩子都充滿敬畏之情。我家小孩從來不養寵物，跟這部影片的震撼教育有關。本來老伴也從不外遇的，後來年紀大了，記憶力變差了……早知道應該買ＤＶＤ逼他每年複習的。

古早時候，有一年的大專聯考題目是：「假如電影院像教室」。出題目的人至少有兩個潛意識藏在題目裡，一是認為「教室如果像電影院一樣有趣就好了，或許學生比較容易受教」。另一個則是「如果電影院像教室一樣嚴肅就好了，那麼孩子們比較不容易學壞」。

這兩個完全相背的看法，其實表達的意思一樣，就是教室是正經八百的，而在電影院裡是學不到什麼的。不過時代在改變，「教室」和「電影院」這兩個場所的「性質」也在改變。從近幾年的社會新聞上看，教室裡教的（或說在教室裡能夠從師長和同學身上學到的），有時候並不那麼的道貌岸然。那些照道理說應該是用來宣傳影片的詞句，事實上不時也會出現在與校園或教育相關的新聞裡。而且因為電視新聞推波助瀾，好像「教育效果」要比課堂上那些硬邦邦的知識要更能「深入人心」。我們會忘記國文英文忘記數理化學，忘記三民主義生理衛生課程，但是數十年後依舊記得老師和外遇對象在車上舌吻的畫面，或者安靜靦腆的某個同學居然是黑道殺手。當然學校裡也有盡責的老師認真的學生，不過人的腦袋瓜子似乎對於污染比較有吸收力。化學元素一年都背不起來，可是萬一校園新聞上了電視，立刻便可以對來龍去脈如數家珍。這跟電視節目的製作單位非常認真的做圖表絕對有關。電視節目會把畸戀三方的談話中前言不對後語的狀況一一列明，還用不同顏色標示重點，主持人便拿著類似教鞭的某物，一字一句諄諄解說，另外還配上當事人在攝影機前指天誓日或罵人或哭花了眼線的畫面，如此苦口婆心，難怪不管多複雜的情節，觀眾都可以完全明瞭，並且深印腦海中。真可惜學校不考這些。教室越來越像電影院，電影院也越來越像教室。所有的道德楷模都在螢幕上，我們可以從《葉問》裡學到一代宗師的風範，從《十月圍城》裡學到人生抱負，從《集結號》裡學到愛國情操，從《色．戒》裡學到愛國情操過了頭會出人命……當然也有人學製造炸彈殺人放火，不過他要肯把ＤＶＤ全部看完的話，就會發現這些人最後都會被關被判刑被正法的，所以電影還是達到了它的教育功能。

我的朋友信仰藏傳佛教。他的上師很有意思，超愛看電視，尤其愛看電視廣告。他只懂英語和藏語，幸虧如此，否則看懂聽懂那些電視主持人在說什麼，怕要雜染他。他在全世界跑來跑去宣教，到任何地方都要看電視，瞪大眼很認真的看廣告看半天。

我原本以為是因為他只看得懂廣告，朋友說不是的，上師說過，看廣告可以知道這個國家裡的人重視的是什麼。

因為聽到這件事，那兩天我就特別注意了一下電視廣告。不知道上師會如何解讀，但是我看到的，臺灣的廣告，不論哪一種廣告，兩種類型最多，一種是泡泡糖型的，甜美歡快。俊男美女（看上去不超過三十歲）在夢幻美麗的背景上宣示：只要我們吃的喝的穿的用的跟他（她）們一樣，就可以得到幸福美滿。另一種則是草根味十足的正港臺灣人（多半是歐巴桑或歐吉桑），在市井鄰里間，要不小雜貨店，要不工廠或夜市裡，笑容滿面中氣十足的跟大家掛保證，只要吃的喝的穿的用的跟他（她）們一樣，人生就會幸福美滿。

我深深明白自己絕非俊男美女，但又懷疑自己似乎也沒那麼草根，所以嚴重恐慌起來，原來我是被廣告拋棄的族類。廣告商似乎深信我輩除了喝咖啡，哪裡也不會去，什麼也不需要。

終於知道我原來生存在俊男美女和草根歐巴桑歐吉桑的夾縫裡。既沒有屬於我們的廣告，也沒有屬於我們的電影。

阿莫多瓦氣味

最近朋友在搞舞臺劇。說是有點阿莫多瓦氣味。

我後來在想，什麼是阿莫多瓦氣味呢？

阿莫多瓦全名是 Pedro Almodóvar Caballero。拍了部講植物人的影片《悄悄告訴她》（*Talk to Her*）得了當年的奧斯卡最佳外語片獎。這部片的片頭和片尾的舞蹈都是碧娜．鮑許（Pina Bausch）的。舞蹈家最近辭世。新聞說是知道自己得了癌症後五天去世。真像是忽然決定了要去死，於是匆匆打包行李離去。幾乎也跟她的舞蹈一般的出人意表和有力道。碧娜的人生和舞蹈跟阿莫多瓦的電影很像，絕不是唯美的，但是那非常的醜陋中有強韌的美麗。

阿莫多瓦得獎以後，好像忽然許多人開始喜歡他了。多數喜歡拍《悄悄告訴她》的那個阿莫多瓦。這也難怪，《悄悄告訴她》大概是阿莫多瓦最正常的影片了。他的影片裡總是有人犯罪，不是世俗的罪，便是道德的罪。阿莫多瓦自己是公開的同性戀。他出生於一九五一年，成長於七〇年代。七〇年代是花童的時代，美國人忙著燒國旗，女權主義者忙著燒胸罩，在臺灣，警察忙著在街頭追那些留長髮穿喇叭褲的年輕人。

但是在阿莫多瓦的影片裡，七〇年代的西班牙，充滿了變裝癖變性人同性戀者吸毒者妓女強盜小偷黑社會……大家都理直氣壯的犯罪，犯罪是生活的一部分。不犯罪活不下去。非常卑微罪惡，可是卻理直氣壯啊。

阿莫多瓦氣味大約就是這種旺盛的，雜草一般，全然不依章法的生命力，俗麗，繽紛，嘈雜，連悲涼也是鬧烘烘的。

我一直很喜歡阿莫多瓦。跟他有沒有得獎沒關係。最初知道有這個導演，是聽柯一正說的。不過我知道他的時候已經是八〇年代。那時臺灣新浪潮剛開始，目前的許多大導演當時都是新導演。我幫中影的官方雜誌《真善美》寫電影導演專訪，專訪做完就變成朋友。

後來幫柯一正寫劇本《煤球》，常常見到面。柯一正是很有趣的人。大約是我認識的人裡最愛笑的。他演的電影裡，從來沒有表現出他有趣的那一部分，真是很奇怪的。

訪問柯一正的時候，他滔滔不絕，因為講話太精采，我多半聽了半天才發現他沒提到他自己。他會談高達拍片，說男主角和人在街頭談話，忽然路邊走過一個美女，高達就不管戲了，攝影機追著拍美女，追了一條街，直到美女消失，才又回到男主角身上。有些新電影是這樣拍的，讓攝影機也有自己的個性。讓人在看電影的時候提醒你去想到「這不過是電影」。

總之跟他談了幾次，他都非常滔滔不絕。說到得意時候，就露牙大笑，笑聲非常奇怪，很高亢，一長串，有點像馬嘶，間中夾以大聲「嗝」氣。我這輩子沒有聽過第二個人這種笑法。後來訪問結束，我問他：「你會用哪句話來形容自己？」柯一正收起笑臉，很認真的思考了半天，然後說：「我沉默寡言。」

總之，我看的第一部阿莫多瓦，就是柯一正推介的《綁上綁下》（*Tie Me Up! Tie Me Down*, 1990）。看的是「潔本」，那年代簡直就找不到不乾淨的影片。我很多年以後，才知道片頭有一段小潛水人在浴缸裡往女主角兩腿間「潛」進的畫面。之後又看了

《崩潰邊緣的女人》（*Women On The Verge Of A Nervous Breakdown*, 1988）、《高跟鞋》（*High Heels*, 1991）、《我造了什麼孽》（*What Have IDone To Deserve This*, 1985）、《慾望法則》（*Law Of Desire*, 1987）。那時候就覺得阿莫多瓦是「我的」導演，他拍的是西班牙人，但是生活環境和人際互動，我覺得跟我自己的周邊環境好像。不是說「外境」，只是他的每部影片裡，幾乎總可以看到一些我人生裡實際存在的人在其間晃動，或者埋怨，或者痛哭或者大叫。

蘇俄導演塔可夫斯基在自傳《雕刻時光》裡說過：他的觀眾給他的回饋裡，最讓他感動，並且覺得自己做的事有其價值的，便是有人告訴他：「我在你的電影裡看到自己。」知道別人與我們一樣，會給我們勇氣吧。看到別人與我們一樣，便知道我的悲苦或傷痛，不是獨一無二的。或者，更聰明的人還能夠看到：我的光榮與輝煌，我的驕傲，也不是獨一無二的。許多人都輝煌並且榮耀過了。相形之下，自己的小小勝利其實不算什麼。

我買了一套阿莫多瓦全集。就有系統的從他第一部開始看。也看到了阿莫多瓦的年少輕狂。《激情迷宮》（*Labyrinth of Passion*, 1982）裡居然看到他穿女裝唱搖滾，讓人詫笑。

我看阿莫多瓦越多，越喜歡他。真的，阿莫多瓦熱情無比敵，他對生命懷抱那樣大那樣豐富的興趣，無論什麼，他都覺得有趣。他在垃圾裡看到天堂。

他的影片裡，我最喜歡的角色是《我的母親》（*All About My Mother*）中的人妖阿悅。我且相信阿莫多瓦是把他對人類的大愛放在這角色身上的。阿悅實在是醜，鼻梁歪的，眼睛一大一小，嘴巴也歪的。因為去嫖人妖的，喜歡他們的異常，所以阿悅雖然隆了一對豐乳，下半身還是男性器官。然而這樣醜怪畸形的人物，卻有一種地母似的性格。阿悅一出場，是被她的恩客按在地上打，女主角救了他。阿悅被打得滿臉是血，「脫險」之後，他把被女主角打昏的恩客扶起來，送他上計程車。他跟女主角說：「他喝醉了。」

他對於他自己是人妖，從來不閃不躲。有很強大的內在，才能這樣安於自己的異常吧。有很強大的包容，才能受辱而依舊心懷寬諒吧。《我的母親》裡最動人的那場戲，是舞臺劇女演員出事，無法演出，觀眾都進場了，人妖阿悅代替上臺去安撫觀眾的那一段。他站在臺上說：「我要跟你們說我的故事，不想聽的可以離開，願意聽的，我保證你們值回票價。」沒錯，是有人帶著鄙夷之色離開了，然而留下來的，說實話，我相信他們和我一樣，都覺得值回票價。

一個人面對自己選擇的人生，能夠有這樣的自信和勇氣，足可以稱為完人了。是的，我們的人生，不論是我們甘願如此，或不甘願如此，其實都是我們自己選擇的。放棄選擇，其實也是一種選擇。雖然常常有人把這情況解釋成「我無能為力，我是被迫的」。

我們來到世間，歷此一生，最圓滿狀態也不過如此：相信自己，愛自己，對於自己做過的事無悔，對於即將面對的未來無憾，無論來的是什麼。

阿莫多瓦教我們的其實是這件事：「不要以為我們看見的，就是我們看見的。」無論人，無論事，我們並無法看到真相。那麼，僅僅站在一時一地，我們有什麼資格去評斷我們所見到的人，或事呢？不要急著蓋棺定論，或許會讓某些人有餘裕去改變，有些事有空間去變化。

我希望自己能夠像阿莫多瓦。對於美麗或醜惡都抱著相同的溫柔。有能力在最黑暗之處看見光亮，在最衰敗處看見生機。能夠略過表象之美，看見內在真相，能夠愛所有畸零的生命，和變態的靈魂。

臺上臺下

二〇〇九年年初做了一次舞臺劇劇本的評審，沒想到那是一個開門的手勢，就這麼，把我的「舞臺劇之門」打開了。

前面那句話通常用來形容某巨星被發掘之後踏上演藝之路，我借來用也不算僭越啦。雖然巨星的演藝之路在「臺上」，我在「臺下」，不過畢竟在一個範圍裡。所有需要被注視的行業，看的人跟被看的人一樣重要；可能看的人還更重要一點，因為沒人看，戲是演不下去的。

我那年一直在看舞臺劇。一整年看的比我這一生看的都多。有點吃驚的發現：原來臺灣舞臺劇還滿「蓬勃」的。劇團活不活得下去實在不很明瞭，但是起碼從年頭到年尾，劇碼排得滿滿，小劇場大劇場都有。有一次到城市劇場看戲，DM就拿了八張。多數是正當青春的帥哥和美女們在入口處發放。使我想到舞臺劇對於年輕人，大約也是一個入口。而且似乎是可以通往許多許多方向的入口。比起其他行業所需要的專業度，舞臺劇好像門檻比較低，甚至只需要熱情。我問過一個劇團負責人：參加劇團需要什麼資格？她笑咪咪的說：「有興趣就好。」

其實十幾年前就看過舞臺劇。蔡明亮在沒拍電影之前也演舞臺劇。那齣戲的劇名忘記了，不過那時候蔡導演青青子衿，非常秀氣。記得是他自導自演，印象非常深是他的服裝，他穿一件T恤，下襬拉到腰上打結，因此就露出小蠻腰，而褲腰拉得很低，低到露出肚臍。那時候不知道他的性向，只覺得他在演出當中非常的嫵媚和妖異。那種只有真正的 gay 才具有的同時明亮又同時陰暗，兼有兩性的既強悍又柔弱的風情氛圍真是驚人。

蔡明亮的那齣戲，記得是在某個地下室演出，他面前放了幾排座位，觀眾就這樣近距離跟舞臺，和演員接觸。可能小劇場的魔力就在這裡，因為跟舞臺靠得這樣近，有點扮家家酒的意味，似乎觀眾只要上前兩步，立刻就可以成為演員。

早期舞臺劇，尤其是實驗劇場的，好像都是以悶死觀眾為「創團宗旨」。那時候看的舞臺劇，劇情都很奇妙，往往看完了都還不知道劇裡在說什麼。看了那麼多戲，劇情我全無印象，就光記得幾乎每一次我都在觀眾席上左瞄右瞄，尋找有什麼路線可以讓自己不引起騷動的離去。說實話從來沒有成功。那時候看劇的觀眾都很少，要偷跑而不「醒目」，可能比中樂透還難。

我記得有一齣戲，男主角非常美，玉樹臨風，穿了一身白衫，演到某個段落，他就坐下來，他赤腳，腳底板對著觀眾席，我這才知道舞臺地板大概很髒，因為他腳底板是黑的。但是他顯然不知道。他就那樣，非常之玉樹臨風，又飄逸又高雅又俊美，但是腳底板黑黑的坐在那裡。我被干擾得很厲害，一直希望他趕快站起來，但是這是實驗劇，實驗劇是很有深度的。在過去，有深度通常跟「絕對不要讓你懂」劃等號的，所以在該站起來的時候，演員絕對不會站起來，該哭的時候，他大概會笑……之類。所以該結束的時候他也絕對不肯結束……這以後我就不去看舞臺劇了。直到今年。

因為中間隔了一大段時間，所以其實不太知道舞臺劇是如何變「成熟」的。不過現在看舞臺劇，樂趣要比過去大得多了。至少我時常忘記要研究「逃跑」路線。而且因為觀眾也變多了，如果真的閃人，大約也不會被發現吧。

有時候，可以逃跑正是我們不想逃跑的原因。

最近看了許多舞臺劇，不僅看幕前，也看到了幕後。包括李國修的「屏風」，鴻鴻的「黑眼睛」，還有「創作社」劇團，都在演出之前看過排練。我一向喜歡一切事物的「製造過程」，不過舞臺劇的特殊之處是，即算是正式演出了，依然在這個變化「過程」裡。它不是固化定形之物，雖然表面上看，一樣的戲碼一樣的演員，但是舞臺劇是活的，每次演出都有些微的不同，有趣的是，不同之處往往不是因為演員改變了詮釋方式，而是因為演員之外的事情。演員自己的心事會反映在演出上。我因為多數看「免錢」的（劇團會送票），而且往往一齣戲看好幾遍，因此有幸比一般人更容易看出每場演出的小小變化。舞臺演出因此就這樣成為了有機生命體。舞臺上的人一邊扮演，一邊也還在生活。而且是毫不重複的生活。雖然只有演出者自己知道。或許對於舞臺，演出是比觀看更容易入迷的。

五月份在紅樓劇場看到的「歡喜扮戲團」演出的《貓仔走醒》，大概是當年看到的舞臺劇裡最讓人吃驚的一齣。不是因為戲的內容或演出方式，而是那種演出概念。

《貓仔走醒》標榜的是談客家女性的情慾。在這裡，客家女性顯然是被定格為女性壓抑的代表。客家女性的形象是刻苦，能幹，任勞任怨，這些在班昭「女誡」上被推崇的女性美德，其實是透過嚴格的規範和壓抑養成的。而一切的壓抑，很奇妙的，似乎都可以透過性來釋放。至於釋放方式，或正常或變態，那又是另一回事了。

《貓仔走醒》從客家山歌裡找證據，證明客家女性其實不光是刻苦，能幹，任勞任怨，其實還滿有個「性」的。因為談女性情慾，所以整齣戲繞著性字打轉。而與一般劇團演出的不同之點是，這齣戲用的都不是有經驗的演員，從七十歲到三十歲，這些沒上過舞臺的演員，粉墨登場，跟觀眾述說她們自己的時代中的性經驗和心態。

這個戲的「製造」過程，想必很精采。這些生手，如何能克服禁忌，在眾人面前侃侃而談的？我真的很好奇。而演出讓我們知道：她們做到了。《貓仔走醒》因此就不止於是一齣戲而已，不只是演出，而且是一種改變。那些演員在臺上向眾人宣示了這一點：無論在哪個歲數，要改變自己還是做的到的。

聯想起最近碰到一個朋友，談起他人生的「重大突破」。他說：他乖了三十年，從來不偷腥，今年「終於」外遇了。不從背德角度來看，我個人會認為他會把這事當作是人生突破，那實在是因為想了許多年，一直有色無膽，這下終於「勇敢作自己」，那的確是個突破，就不知道他明不明白突破之後，時常會落得四邊無靠。不先想好後路，很容易粉身碎骨的。

九歌文庫 1224

禁忌拼圖

作者	袁瓊瓊
責任編輯	蔡佩錦
創辦人	蔡文甫
發行人	蔡澤玉
出版發行	九歌出版社有限公司 臺北市105八德路3段12巷57弄40號 電話／02-25776564・傳真／02-25789205 郵政劃撥／0112295-1
九歌文學網	www.chiuko.com.tw
印刷	晨捷印製股份有限公司
法律顧問	龍躍天律師・蕭雄淋律師・董安丹律師
初版	2016（民國105）年5月
定價	280元

書號	F1224
ISBN	978-986-450-057-4

（缺頁、破損或裝訂錯誤，請寄回本公司更換）

國家圖書館出版品預行編目資料

禁忌拼圖 / 袁瓊瓊著. -- 初版.-- 臺北市：
九歌, 民105.05
256 面 ；14.8×21公分. --（九歌文庫；1224）

ISBN 978-986-450-057-4（平裝）

855　　105005170